D1674481

Michaela Neumann

Abenteuer in Quilong

---

edition PINSEL

Michaela Neumann

Abenteuer in Quilong

Zeichnungen von Bela Sobottke

Turmhut

Bibliografische Information Der Deutschen Bibliothek

Die Deutsche Bibliothek verzeichnet diese Publikation in der Deutschen Nationalbibliografie; detaillierte bibliografische Daten sind im Internet über http://dnb.ddb.de abrufbar.

ISBN 978-3-936084-33-7

Umschlag und Illustrationen: Bela Sobottke, 2WERK Grafik (www.2werk.de)/ Berlin
Satz und Layout: Turmhut
Druck: Genheimer/ Lohr
Erste Auflage 2008

Kontakt:
Bergstraße 42, 97638 Mellrichstadt
Tel. 09776/7250
Fax 09776/7279
http://www.turmhut-verlag.de
turmhut@t-online.de

Printed in Germany

Inhalt

1. Kapitel: Bobby Modenia

Die meisten Menschen glauben, es gäbe auf der Erde sechs Kontinente. Diese Menschen irren sich, denn mitten im Südpazifik befindet sich ein siebenter Kontinent: Quilong. Es ist kein Zufall, dass nur wenige Menschen je von ihm gehört haben, denn die Bewohner von Quilong haben ihr Möglichstes unternommen, um ihren Kontinent vor dem Rest der Welt geheim zu halten.

Unsere Geschichte beginnt an einem heißen Sommertag auf diesem weitgehend unbekannten Erdteil. Ein vierzehn Jahre alter Junge lag im dichten hohen Gras hinter der Scheune, wo ihn niemand sehen konnte. Er ruhte sich von der anstrengenden Arbeit auf der Farm seines Vaters aus. Ein angenehm kühler Wind wehte und brachte seine kurzen, blonden Haare ein wenig durcheinander. Der Junge war schlank, aber von der harten Arbeit auf der Farm sehr kräftig und seine Haut war von der Sonne braun gebrannt. Auf der Nase des Jungen tummelten sich einige lustige Sommersprossen. Neben ihm lag ein kleines, pummeliges Krokodil, das sich die warme Sonne auf den Bauch scheinen ließ und dabei leise schnarchte. Der Junge, er hieß Bobby Modenia, beachtete das Krokodil nicht, obwohl aus seinem Maul eine Reihe von spitzen, kleinen Zähnen herausragte.

Er war in Gedanken versunken. Seit Beginn der Sommerferien eine Woche zuvor hatte Bobby keine freie Minute mehr gehabt. Ständig war er damit beschäftigt, seinem Vater bei der Arbeit zu helfen. Bobby war froh über jede auch noch so kleine Pause.

Zwar bezahlte ihn der Vater für die Arbeit, aber lieber wäre er, wie sein bester Freund Nickolai Blib, mit der Familie in die Ferien gefahren.

Nicks Vater arbeitete als Leiter der Rechtsabteilung für eine der größten Banken von Quilong und die Familie Blib verreiste jedes Jahr in den großen Ferien. In diesem Jahr waren sie nach Dubno, ganz im Süden von Quilong, geflogen, um dort zu wandern. Im Anschluss daran hatte die Familie Blib beschlossen, sich aufzuteilen.

Nicks Mutter und seine große Schwester wollten zu einer Schönheitsfarm, um sich von den Strapazen der Wanderung zu erholen und ihren Teint wieder in Ordnung bringen zu lassen. Nick und sein Vater hatten den Aufenthalt in einem Sporthotel geplant. Nick hatte vor, sich ein paar Muskeln anzutrainieren, um nach den Ferien die Mädchen in der Schule zu beeindrucken, während sich sein Vater, um Nicks Mutter zu beeindrucken, den jedes Jahr ein bisschen größer gewordenen Wohlstandsbauch abtrainieren wollte.

Bobby und sein Vater fuhren nie in die Ferien. Geld zum Reisen wäre zwar genügend da gewesen, aber Bobbys Vater verdiente seinen Lebensunterhalt nicht wie Nicks Vater als Angestellter, sondern mit der Zucht von Tenniskängurus. Auf Quilong wird nämlich, wie auf dem Rest der Erde auch, Tennis gespielt. Der Spieler läuft aber nicht selbst über den Platz, sondern befindet sich während des gesamten Spiels im Beutel eines Kängurus. Er lenkt es, ähnlich wie ein Polospieler sein Pferd, mit feinsten Hilfen über den Tennisplatz. Fällt er während des Spiels aus dem Beutel, hat er das Spiel verloren. Ansonsten ähneln die Regeln im Wesentlichen den üblichen.

Früher waren die Tennisplätze auf Quilong größer als heute. Man spielte Tennis auf dem Rücken eines Pferdes, mit bis zu sechs Spielern gleichzeitig auf dem Feld. Das Spiel wurde mit der Zeit aber immer chaotischer, so dass es durch Zusammenstöße oder Stürze von Reitern und Pferden häufig zu schweren Verletzungen kam. Deshalb beschloss die nationale Tennisvereinigung von Quilong NTVQ aus Sicherheitsgründen, Tennis auf gehobenem Niveau nur noch auf eigenen Beinen oder aus dem Beutel eines Kängurus heraus spielen zu lassen. Kängurus wurden auf Quilong seit Urzeiten als Fortbewegungsmittel oder zum Tragen von Lasten benutzt und galten im Allgemeinen als sehr sicher. Weil das Spiel, wenn man dem Ball selbst hinterherlaufen musste, aber keinem Quilonger Spaß machte, war die Nachfrage an gut ausgebildeten Tenniskängurus im Laufe der Zeit angestiegen. Dies alles geschah aber lange vor Bobbys Zeit.

Die meisten Bewohner des Kontinents Quilong hatten sich bis vor etwa fünfzehn Jahren nicht sonderlich für Tennis interessiert. Auf Quilong gab es einfach nicht genügend gute Spieler. In den nationalen Wettkämpfen sah man immer wieder dieselben Gesichter, die lieblos mit ihren Kängurus den Bällen hinterher hoppelten. Zuschauer gab es nur sehr wenige. Sportarten wie Bowling, Gehen und Eiskunstlauf erfreuten sich wegen ihrer Ästhetik viel größerer Beliebtheit.

Eines Tages aber, vor etwa 15 Jahren, gelang es einem jungen, blondgelockten, äußerst attraktiven Jüngling, den Tennissport populär zu machen. Er spielte mit so viel Hingabe und Geschick und sah dabei so gut aus, dass es eine Freude war, ihm zu-

zusehen. Er besiegte alle seine mittelmäßigen Gegenspieler mit Leichtigkeit und schlagartig war auf Quilong das Tennisfieber ausgebrochen. Stundenlang verfolgte fast jeder Quilonger die Spiele des Basti Bong vor dem Fernseher. Plötzlich ließen alle ihre Bowlingkugeln im Schrank und nahmen Tennisstunden, um eines Tages ebenso gut spielen zu können wie Basti Bong. Neben einem Tennisschläger brauchten sie dazu aber auch ein gut trainiertes, gesundes Tenniskänguru.

Bobbys Vater Vance hatte zu der Zeit gerade mit der Zucht und dem Verkauf von Tenniskängurus begonnen. Vance Modenia war bereits seit seiner Jugend leidenschaftlicher Tennisspieler, leider nur mit mäßigem Erfolg. Er konnte sein Känguru ausgezeichnet über den Tennisplatz lenken und jede Bewegung des Tieres nach seinem Willen beeinflussen. Man kann sogar sagen, das Spiel von Vance Modenia war wegen der Harmonie zwischen ihm und seinem Känguru meistens ebenso schön anzusehen, wie eine gelungene Kür beim Eiskunstlauf. Um ein Spiel auf höherem Niveau zu gewinnen, reichte sein Können aber nie aus. Er verfügte einfach nicht über das notwendige Ballgefühl.

Als Bobbys Vater sich in jungen Jahren eines Tages überlegen musste, was er denn für einen Beruf ergreifen sollte, beschloss er das zu tun, was er gut konnte und was ihm Freude machte: Tenniskängurus zu züchten, sie zu trainieren und an andere Tennisspieler zu verkaufen. Zwar hätten seine Eltern es lieber gesehen, wenn er wie sein eigener Vater und dessen Vater Erschrecker in der Geisterbahn geworden wäre, aber Vance Modenia setzte sich durch und brach mit der alten Familientradition.

So eröffnete Vance Modenia seinen eigenen Betrieb ungefähr zu der Zeit, als auf Quilong der Tennissport zu boomen begann und jeder Quilonger, der

etwas auf sich hielt, die gleiche Frisur wie Basti Bong trug. Das Geschäft von Bobbys Vater blühte.

Auch vierzehn Jahre nach dem legendären Aufstieg des Basti Bong lief das Geschäft mit den Tenniskängurus so gut, dass Bobbys Vater jeden Tag viel zu tun hatte. Die teilweise bis zu 50 Kängurus brauchten sehr viel Pflege. Aus diesem Grund waren die Modenias in all den Jahren nicht ein einziges Mal im Urlaub gewesen. Bobbys Vater vertraute niemandem so sehr, dass er ihm seine wertvolle Känguruzucht anvertraut hätte. Er befürchtete, wenn er wegfahren würde, könnte eines der Tiere krank werden, der Blitz könnte einschlagen oder seine Farm könnte von einer Lawine verschüttet werden, und das, obwohl es in der Umgebung nicht einmal einen Hügel gab. Besondere Sorgen machte er sich dabei um den Stammvater seiner Zucht, sein bestes Känguru im Stall: Little Champ.

Little Champ war ein ganz besonderes Känguru, das Vance Modenia gekauft hatte, als es knapp ein Jahr alt war. Damals machte er nicht viel her, aber dank der guten Pflege, des richtigen Futters und ganz besonders wegen der großen Zuneigung zu dem Tier war aus Little Champ das beste Känguru von Quilong geworden. Davon war zumindest Bobbys Vater überzeugt. Little Champ war schneller, wendiger, sprang weiter, und er hatte das seidigste Fell von allen Kängurus. Vance Modenia hing sehr an dem Tier und Little Champ tat alles für seinen Herren.

Die anderen Kängurus wurden deshalb nicht vernachlässigt; Bobbys Vater versorgte sie alle sehr gewissenhaft. Von Sonnenaufgang bis Sonnenuntergang säuberte er Ställe, fütterte, trainierte oder war mit dem Traktor unterwegs. Bobbys Mutter hatte eines Tages genug von der vielen Arbeit, den Tieren und von Bobbys Vater, der nur seine Kängurus im Kopf hatte. Jeden Abend, wenn er von draußen hereinkam, roch er selbst wie eines. Seine Kleidung war stets mit Känguruhaaren übersät. Selbst die Waschmaschine war schon einige Male wegen der vielen Haare verstopft gewesen. Immer wieder hatte sie ihn aufgefordert, den Betrieb zu verkaufen, obwohl sie wusste, wie sehr er daran hing.

Vance Modenia hatte zu diesem Zeitpunkt gerade ein neues Spezialfutter, mit einer von ihm streng geheim gehalten Mischung von Kräutern, zusammengemischt. Damit sollten die Kängurus besser vor Husten und Erkältung geschützt sein. Und so hatte Frau Modenia verärgert ihre Koffer gepackt und Mann und Sohn verlassen. Sie war weit weggezogen.

Das alles war jetzt fast fünf Jahre her. Seitdem lief sie von einem Psychiater zum anderen, um ihr Leben wieder in den Griff zu bekommen. Denn jedes Mal, wenn sie das Wort Känguru auch nur hörte, bekam sie einen hässlich juckenden Ausschlag auf der Nase, bis sie schließlich einen dieser Psychiater, der selbst an einer schweren Känguruhaarallergie litt, heiratete.

Bobby und sein Vater hatten sich an das Leben zu zweit ganz gut gewöhnt. Die beiden kamen gut miteinander aus. Für Hausarbeit hatten sie beide nicht viel übrig. Darum kümmerte sich eine alte Haushälterin, Frau Bolle, die auch ein Zimmer in dem großen alten Farmhaus bewohnte.

Bobby öffnete müde die Augen und sah auf die Uhr. Es war schon fast Zeit zum Abendessen. Bei den Modenias wurde jeden Tag Punkt sieben Uhr zu

Abend gegessen. Die strenge Frau Bolle schätzte es gar nicht, wenn jemand zu spät zum Essen erschien. Während Bobby aufstand, steckte er sich einen Streifen Nusskaugummi in den Mund. Dann lief er eilig zu einem der größeren Stallgebäude hinüber. Er hatte seinem Vater versprochen, sich noch vor dem Abendessen um eines der jüngeren Kängurus zu kümmern.

Die Jungtiere bekamen bei den Modenias lediglich Nummern. Erst wenn sie beim Training bestimmte Charakterzüge zeigten oder ausgewachsen waren, bekamen sie einen Namen, der zu ihrem Wesen oder ihrer äußeren Erscheinung passte.

Das Känguru, zu dem sich Bobby auf den Weg machte, war ein dreijähriges, zartes Känguruweibchen mit großen zottigen Ohren. Es hatte sich eine Woche zuvor beim Training einen Dorn in den linken Fuß getreten. Der Dorn war durch die Gummisohle des Tennisschuhes eingedrungen und hatte sich in den Fuß des Kängurus gebohrt. Die Wunde war inzwischen gut verheilt, und Bobby wollte sehen, ob der Fuß mittlerweile so weit in Ordnung war, dass das Kängurumädchen wieder Tennisschuhe tragen konnte. Bobbys Vater bestand darauf, dass seine Kängurus beim Training stets hochwertige Schuhe trugen, um die empfindlichen Füße zu schonen.

Im Stall angekommen, sah Bobby das Känguru hinter seiner Stalltür sitzen und nach draußen schauen. Die langen Ohren ließ es entspannt zu beiden Seiten hängen. Bobby öffnete die Tür und betrat den Stall. Das Känguru hüpfte artig zur Seite und ließ ihn eintreten, während Bobby ihm über den struppigen Hals streichelte. Obwohl er selbst für seine vierzehn Jahre nicht klein war, überragte das Tier ihn um gut einen halben Meter.

Kängurus auf Quilong waren von jeher größer als ihre Artgenossen in Australien. Seit die Menschen auf Quilong sie als Fortbewegungsmittel benutzten, wurde bei der Zucht besonders auf ein freundliches Wesen und eine Mindestgröße geachtet. Kängurus, die kleiner als zwei Meter zwanzig waren, durften nicht zur Zucht verwendet werden.

„Hallo, du freches Tier", sagte Bobby zu dem Känguru und streichelte es weiter, „was macht dein kranker Fuß? Lass Mal sehen."

Das Känguru sah ihn freundlich an und als hätte es ihn verstanden, streckte es artig seinen linken Fuß nach vorne. Bobby sah sich den Fuß gründlich an. Die Schwellung war deutlich zurückgegangen und Bobby meinte, der Fuß könne wieder in einen Tennisschuh passen. Er verließ kurz den Stall, lief um das Haus herum und betrat einen großen Raum am anderen Ende des Gebäudes. Dort befanden sich die vielen Tennisschuhe der Kängurus, ordentlich verstaut neben allerlei anderem Trainingsgerät. An den einzelnen Stalltüren der jungen namenlosen Kängurus befand sich jeweils eine Nummer. In diesem Raum hingen die Tennisschuhe der Tiere an einem Haken, unter dem die Nummer der entsprechenden Stalltür stand. So konnte man immer die zu einem bestimmten Känguru gehörenden Tennisschuhe finden, denn die Füße der Kängurus waren unterschiedlich groß. Es war wichtig, dass die Schuhe dem Känguru genau passten und nirgendwo scheuerten. Denn Kängurus haben, ähnlich wie Elefanten, ein ausgezeichnetes Gedächtnis und vergessen niemals, wenn sie einmal der Schuh gedrückt hat. Es ist sehr aufwendig ein solches Känguru dazu zu bewegen, sich jemals wieder einen Tennisschuh anziehen zu lassen.

Bobby griff das passende Paar Schuhe vom Haken mit der Nummer 268, nahm aus einer Holzkiste an der Stirnseite des Schuhzimmers eine Bürste heraus und kehrte damit zu dem Kängurumädchen zurück.

Das hatte sich mittlerweile umgedreht und versperrte mit seinem runden Hinterteil die Tür. Bobby konnte den Stall nur mühsam betreten. Er stupste und drängelte so lange, bis das Känguru ein wenig zur Seite hüpfte, so dass er die Tür weit genug öffnen konnte. Als das Känguru die mitgebrachten Schuhe sah, wackelte es freudig mit den Ohren und hielt Bobby sogleich einen nackten pelzigen Fuß entgegen.

„Nicht den, den anderen", schimpft Bobby ein wenig ungeduldig zu dem immer aufgeregter werdenden Känguru. Er wollte zunächst sehen, ob der linke Schuh an den kranken Fuß passte. Das Känguru hatte dafür wenig Verständnis, streckte ihm aber nach einer Weile ungeduldig den richtigen Fuß hin. Bobby zog den Schuh langsam und vorsichtig an. Als er sah, dass es dem Känguru nicht unangenehm war, zog er ihm auch den zweiten Schuh an und stieg dann in den Beutel des Kängurus, nachdem er seine eigenen Schuhe ausgezogen hatte.

Fröhlich hüpfte das Känguru aus dem Stall geradewegs in Richtung der großen Trainingssandbahn. Bobby achtete sorgfältig auf Unregelmäßigkeiten bei den einzelnen Sprüngen des Kängurus. Er beschloss, auch auf die Gefahr hin, zu spät zum Essen zu kommen, das Känguru eine Runde auf der Sandbahn hüpfen zu lassen. Als das Känguru erkannte, wohin es ging, wurden seine Sprünge weiter und weiter. Die beiden legten rasch an Tempo zu. Der Wind sauste bald um Bobbys Kopf und sie zogen eine große Staubwolke hinter sich her. „Ja, tob dich ruhig ein bisschen aus“, dachte Bobby bei sich, denn das Känguru hatte wegen seines kranken Fußes die vergangene Woche fast ausschließlich im Stall verbracht. Nun war es froh über die klare warme Luft und den lang ersehnten Auslauf.

Zu ihrer Linken glitt eine lange pelzige Schlange durch das hohe Gras. Ihr schwarzes Fell glänzte in der Abendsonne. Bobby beachtete sie nicht weiter, denn auf Quilong hatten alle Schlangen Fell und die schwarzen waren nicht giftig.

Nach einer halben Runde auf der Bahn merkte Bobby, dass das Känguru langsamer wurde. Bobby trieb das Känguru nicht an. Er genoss seinen Ritt im Beutel und war in diesem Augenblick glücklich und zufrieden. Vor ihm in der Ferne begann die Sonne über dem dichten Grasland unterzugehen. Er und sein Känguru warfen einen langen Schatten auf die staubige Sandbahn.

Bobby mochte die Kängurus seines Vaters, wusste aber nicht, ob er später ebenfalls einmal mit der Känguruzucht sein Geld verdienen wollte. In manchen Momenten liebte er das Leben auf der Farm. Dann dachte er wieder an seinen besten Freund Nick, der in den Ferien verreisen konnte und nach jeder Reise die tollsten Geschichten zu erzählen hatte, während er selbst in jeden Ferien das Gleiche tat.

Plötzlich musste er grinsen, weil ihm wieder eine Geschichte einfiel, die Nick ihm nach den Ferien im vergangenen Jahr erzählt hatte. Seine Schwester Gerti, ein üppiges Mädchen, wurde beim Baden von einer Touristengruppe für einen Wal gehalten, der im

Begriff war zu stranden. Eine besonders große Welle hatte ihr zuvor die Badehose weggespült und sie versuchte vergeblich, das abhanden gekommene Kleidungsstück vom Grund des Meeres zu bergen. Da sie ihre Brille vor dem Schwimmen abgesetzt hatte, sah sie die Touristen in dem vorbeifahrenden Boot nicht. Immer wieder tauchte sie mit ihrem massigen Leib kopfüber ins Wasser, um die Hose doch noch irgendwie wiederzufinden. Die war aber mittlerweile längst verschwunden. Der Irrtum wurde erst aufgeklärt, als die zur Rettung des Wals herbeigerufenen Meeresbiologen feststellten, dass Gerti ein Mensch und kein Wal war. Gertis Badehose blieb verschwunden. Man half ihr mit einem bunt gemusterten Strandtuch aus, das ihre ausladenden Hüften nur dürftig bedeckte.

Der Vorfall war für Gerti zwar sehr unangenehm, wirklich zu Schaden gekommen war sie aber nicht. Deshalb hatte Bobby auch kein schlechtes Gewissen, dass er über Gertis Missgeschick nicht zum ersten Mal lachte. Er wäre nur zu gerne selbst dabei gewesen.

Immer noch grinsend lenkte Bobby das Känguru Nummer 268 in den Stall zurück, zog ihm seine Schuhe aus und besah sich den linken Fuß aufs Neue. Der sah nicht anders aus als vorher. Er war nicht angeschwollen und fühlte sich genauso warm an wie der rechte Fuß. Er gab dem Känguru eine Hand voll Futter, bürstete das zottige Fell so lange, bis es nicht mehr ganz so struppig aussah, klopfte ihm zum Abschied noch einmal freundlich den Hals und rannte den staubigen Weg zum Farmhaus herüber.

Auf halbem Wege stellte er fest, dass er seine eigenen Schuhe im Stall vergessen hatte. Die Zeit, pünktlich zum Essen zu kommen, war äußerst knapp, und so rannte er einfach barfuß weiter. Wenn er sich beeilte, konnte er es noch rechtzeitig schaffen.

2. Kapitel: Nicks Rückkehr

Drinnen angekommen, saß Vater Vance Modenia bereits am Tisch, während die rundliche Frau Bolle gerade eine schwere Terrine herein trug, aus der es heiß dampfte.

„Was gibt`s denn?“, wollte Bobby von der Haushälterin wissen, die etwas missmutig dreinblickte, weil er doch noch rechtzeitig gekommen war, und sie ihn deshalb nicht zum Geschirr spülen verdonnern konnte.

„Es gibt Klippfischsuppe mit Kohlrabi“, antwortete sie kurz angebunden.

„Und dafür bin ich den ganzen Weg ohne Schuhe gerannt“, dachte Bobby leicht verärgert und blickte nun ebenfalls missmutig drein.

„Mmh, lecker“, freute sich dagegen Bobbys Vater. Der war verrückt nach Klippfisch, ganz gleich ob er in Kohlrabisuppe schwamm oder mit Kräutermarinade beträufelt aus dem Backofen kam. Vance Modenia verspeiste jeden Klippfisch mit großer Begeisterung, solange er nur heiß war.

„Frau Bolle, das riecht ja fantastisch“, freute er sich, „gibt`s in der Küche noch mehr oder muss das da“, dabei wies er auf die große Terrine, „für uns alle drei reichen?“

Ob der sichtlichen Begeisterung Vance Modenias an dem von ihr gekochten Abendessen besserte sich Frau Bolles Laune schlagartig. Wie jede Köchin liebte sie es, wenn sie für ihre Kochkünste gelobt wurde.

„Ich habe noch einen kleinen Rest draußen im Topf“, erklärte sie sichtlich erfreut, „ich befürchte aber, der Suppe fehlt eine Prise Salz“, fügte sie bescheiden hinzu.

„Das kann ich mir nicht vorstellen“, erwiderte Bobbys Vater, „so gut, wie das duftet“.

Er begann, die Teller der drei mit Suppe zu füllen. Bobby brach sich ein Stück Brot ab, und sofort glitt ein kleines Stück von der intelligenten Nanobutter, die auf dem Tisch stand, auf ihn zu. Er legte das Brot auf seinen Teller und die selbst denkende Butter verteilte sich gleichmäßig auf dem Brot. Die Nanobutter war das Werk eines genialen Erfinders, der leider gestorben war, bevor er weitere intelligente Lebensmittel hervorbringen konnte.

In diesem Moment kam das pummelige Krokodil, das neben Bobby im Gras gelegen hatte, mit hängender Zunge in die Stube gerannt. Es sah sich kurz um, lief dann in die Küche und sprang in sein Körbchen. Dabei behielt es eine leere, grüne Porzellanschüssel, die neben dem Körbchen auf dem Fußboden stand, genau im Auge. Dieses kleine Krokodil war Bobbys Haustier und hieß Clipper.

Die Menschen auf Quilong hielten sich die verrücktesten Haustiere. Minikrokodile waren einmal sehr gefragt gewesen, mittlerweile erfreuten sich aber die Zwerghyänen an größerer Beliebtheit. Bobby als traditionsbewusster Mensch, der nicht jedem neuen Modetrend verfiel, hatte sich von klein auf ein Minikrokodil gewünscht. Er hatte nie ein anderes Tier gewollt. Bobbys Mutter war aus Sorge um ihre antiken Möbel entschieden gegen solch einen Familienzuwachs gewesen. Nach dem Auszug der Mutter aus dem Farmhaus der Modenias hatte Bobbys Vater Clipper gekauft, damit Bobby leichter über den Verlust der Mutter hinwegkäme.

„Hast du Clipper heute Abend schon gefüttert?“, wollte Bobbys Vater wissen.

„Nein“ antwortete Bobby, „ich war bis eben noch bei dem zarten Kängurumädchen, so wie du es mir gesagt hattest. Der Tennisschuh passt jetzt wieder. Ich habe sie gleich noch eine Runde um die Sandbahn springen lassen, weil es die Schuhe doch sowieso schon anhatte.“

„Und“, wollte Herr Modenia wissen, „wie hat es sich gemacht?“

„Och“, sagte Bobby, „ich glaube der Fuß tut ihm nicht mehr weh. Es hat sich richtig gefreut, als es seine Tennisschuhe sah, und konnte es gar nicht abwarten, bis ich sie ihr angezogen hatte. Als wir dann unsere Runde drehten, ist es ganz gerade und gleichmäßig gesprungen.“

„Das ist gut“, murmelte Bobbys Vater, der sich nun wieder ganz mit dem Löffeln seiner Klippfischsuppe beschäftigte.

„Bobby, da ist ein Brief von Nick aus Dubno für dich angekommen“, sagte Frau Bolle nach einer Weile. „Er kam heute Vormittag mit der Post, ich habe ihn nicht gleich gesehen, weil er in meine neue Ausgabe der ‚Reinlichkeitsrevue‘ gerutscht war. Er liegt auf deinem Bett neben der sauberen Wäsche.“

„Danke“, sagte Bobby artig.

Er schlang jetzt den Rest seiner modrig grünen Suppe mit rasender Geschwindigkeit hinunter, weil er sich wahnsinnig auf eine neue Anekdote aus dem Urlaub der Blibs freute.

Herr Modenia setzte sich nach dem Essen vor den Fernseher.

„Ach“, sagte er überrascht nachdem er ihn eingeschaltet hatte, „heute ist ja das Halbfinalspiel Basti Bong gegen Rudi Westbank. Das hatte ich völlig vergessen. Die beiden spielen schon heute“.

Dabei lehnte er sich zufrieden in seinem Sessel zurück, legte die Füße auf den Couchtisch und sah sich die Übertragung des Tennisspiels an.

Bobby half Frau Bolle gerade noch, das schmutzige Geschirr in die Küche zu räumen, überließ ihr aber den Abwasch. Schließlich war er ja rechtzeitig zum Essen erschienen. Er füllte Clippers Schüssel mit einer Dose Krokodilfutter mit Giraffengeschmack. Dann rannte er die Treppe hinauf in sein Zimmer, warf sich neben die saubere Wäsche auf sein Bett, öffnete den Brief seines Freundes und begann begierig zu lesen:

„Hallo, Bobby, unsere Ferien waren bis jetzt echt toll. Ich wusste gar nicht, dass es in der Nähe von Dubno so viele Vulkane gibt. Ich dachte, wir würden da auf einen langweiligen Berg klettern und das war's. Aber es war bis jetzt immer echt toll. Einer der Vulkane ist vor zwei Tagen ausgebrochen, wir konnten über die frisch erkaltete Lava laufen, die weiter unten im Berg immer noch flüssig war. Unser Bergführer hat uns Spezialstiefel und -hosen sowie Schirme aus einem Material gegeben, das absolut Hitze undurchlässig ist. Selbst wenn der Vulkan noch einmal ausgebrochen wäre, wir hätten uns nicht verbrannt, wir hatten ja die Schutzkleidung. In meiner Größe gab es die Sachen nicht, also musste ich die gleiche Größe wie mein Vater tragen. Ich sah total dämlich aus, aber Spaß gemacht hat es trotzdem. Gerti sah wieder aus wie ein dicker Wal, obwohl sie behauptet, sie hätte von dem vielen Klettern schon soooo viel abgenommen. Na ja, ich hoffe, du langweilst dich nicht zu sehr mit euren vielen Kängurus. Ich schreib Dir noch mal, wenn ich Zeit habe, Dein Nick.“

Bobby war mit dem Lesen seines Briefes gerade fertig, als unten das Telefon klingelte. Er stellte sich vor, wie Nick und der Rest der Familie Blib durch eine zerklüftete Vulkanlandschaft kletterten, jeder von ihnen mit einem eigentümlichen Schirm in der Hand.

Gerade als er sich die immer sehr elegant gekleidete Frau Blib in einer weiten Schlabberhose vorstellte, kam Frau Bolle ins Zimmer gelaufen und hielt Bobby das Telefon hin: „Hier, für dich“, sagte sie,

„Nick ist dran. Er klingt sehr aufgeregt."

Überrascht nahm Bobby das Telefon. Komisch, angerufen hatte Nick ihn aus den Ferien noch nie.

„Hallo, Nick, bist du's wirklich?", fragte er ungläubig in das Telefon hinein.

„Klar bin ich es, hat dir Frau Bolle doch gesagt. Und sag ihr, ich bin nicht aufgeregt", erklärte er ein wenig beleidigt. „Du glaubst nicht, was uns passiert ist", plapperte er dann aufgeregt weiter, „mein Vater ist heute morgen, als wir auf der frisch erkalteten Lava eines Vulkans rumliefen, mit seinem Fuß eingebrochen. Er ist durch die dünne Gesteinsschicht getreten. Muss wohl an seinem dicken Bauch gelegen haben. Jedenfalls steckte er plötzlich mit dem Fuß in rot glühender Lava. Der hat vielleicht ein Gesicht gemacht! Verbrannt hat er sich wegen seiner Stiefel natürlich nicht, aber er fand das kribbelige Gefühl so lustig, dass er den Fuß eine ganze Weile in dem flüssigen Gestein stecken ließ. Als er ihn dann irgendwann rausziehen wollte, war die Lava schon erkaltet. Er steckte mit einem Fuß im Gestein fest.

Vater musste fast den ganzen Tag so stehen bleiben und warten, bis unser Bergführer mit Gerät wiederkam, um ihn aus dem Felsen zu befreien. Zu allem Überfluss fing es dann auch noch furchtbar zu regnen an und mein Vater wurde patschnass. Wegen des Regens konnte der Bergführer nicht so gut sehen, wie und wo er mit dem Presslufthammer bohren musste. Stell Dir vor, er hat meinem Vater ordentlich in den großen Zeh gebohrt. Jetzt muss Vater für zwei Wochen im Krankenhaus bleiben, damit die Ärzte seinen kaputten Zeh wieder richten und den Schnupfen auskurieren."

„Ist ja irre“, staunte Bobby. So eine Geschichte hatte er schon lange nicht mehr gehört.

„Meinst du, ich kann den Rest der Ferien bei euch bleiben und dir beim Versorgen der Kängurus helfen? Sonst müsste ich mit meiner Mutter und Gerti auf diese blöde Schönheitsfarm. Da will ich aber nicht hin. Lauter Frauen die sich zu dick finden und über langweiliges Frauenzeug reden.“

„Ich glaub' schon, dass du herkommen darfst“, antwortet Bobby, der jetzt zum ersten Mal zu Wort kam und sein Glück gar nicht fassen konnte. „Ich muss erst fragen, aber ich denke nicht, dass mein Vater irgendetwas dagegen hat. Der ist heute ohnehin besonders gut gelaunt, weil es bei uns zum Abendessen Klippfischsuppe mit Kohlrabi gab. Du weißt ja, wie verrückt er nach Klippfisch ist. Wart mal kurz!“

Dabei lief er schon die alte Holztreppe nach unten ins Wohnzimmer.

„Du, Vater, darf Nick den Rest der Ferien hier bei uns bleiben? Er sagt, er will mir auch mit den Kängurus helfen.“

Vance Modenia nickte. Er konnte Nick gut leiden, und er freute sich für Bobby, dass der für den Rest der Ferien mit seinem besten Freund zusammen sein konnte.

„Klar kann er zu uns kommen“, antwortete er, „lass mich aber vorher noch mit seiner Mutter oder seinem Vater reden.“

„Hast Du gehört Nick?“, rief Bobby begeistert ins Telefon, „er hat ‚ja‘ gesagt. Wann sollen wir dich vom Flughafen abholen?“

„Weiß nicht genau“, entgegnete Nick hörbar erleichtert, dass er den Klauen der Schönheitsfarm gerade noch entronnen war. „Morgen irgendwann im Laufe des Tages. Ich glaube, gegen Mittag. Das kann meine Mutter deinem Vater genau sagen. Hier, ich gebe sie dir, damit sie mit ihm reden kann. Wir sehen uns ja dann morgen."

„Ist gut", sagte Bobby und reichte das Telefon an seinen Vater weiter.

Bobby beschloss, sofort das Gästebett vom Speicher zu holen und in seinem Zimmer aufzustellen. Zwar hätte Nick auch im Gästezimmer schlafen können, aber so gefiel es den beiden besser. Sie konnten sich abends so lange unterhalten, wie sie wollten, ohne jemanden zu stören. Er ließ sich von Frau Bolle frisches Bettzeug aus dem Wäscheschrank geben, und während sie das Bett für Nick gemeinsam bezogen, erzählte er ihr ausgelassen, wie sich Nicks Vater den großen Zeh verletzt hatte. Und dass Nick den Rest der Ferien auf der Farm der Modenias bleiben würde, statt mit Mutter und Schwester gemeinsam zur Schönheitsfarm fahren zu müssen.

Frau Bolle lächelte verständnisvoll, während Bobby wie ein Äffchen plapperte. Auch sie freute sich für ihn. Sie konnte Nick gut leiden, weil er immer freundlich war und ihre Kochkünste liebte. Nach jeder Mahlzeit erklärte er ihr satt und zufrieden, wie gut es ihm wieder einmal geschmeckt hatte. Nicks Mutter konnte nicht kochen und so gab es bei den Blibs meistens fertiges Essen aus der Tüte, das Frau Blib nur in kochendes Wasser einzurühren brauchte. Wie Gerti bei dieser Kost zu ihrem Gewicht gekommen war, blieb für alle seit jeher ein Rätsel.

An diesem Abend ging Bobby früh schlafen, weil er darauf hoffte, dass die Zeit bis zu Nicks Ankunft so möglichst schnell verging. Als er im Bett lag und Clipper sich an seinem Fußende zum Schlafen zusammengerollt hatte, überlegte er, was er mit Nick bis zum Ende der Ferien alles unternehmen konnte.

Darüber schlief er bald ein und hörte nicht mehr das rhythmische Schnarchen von Clipper.

Am nächsten Morgen wachte Bobby sehr früh auf. Er sprang aus dem Bett, putzte seine Zähne, während er sich anzog, und rannte dann eilig die Treppe hinunter. Frau Bolle schlief noch. In der Küche stand eine fast leer getrunkene Tasse Kastanienblütentee. Bobbys Vater trank jeden Morgen eine Tasse Tee und ging dann in aller Frühe ohne zu essen nach draußen, um die Kängurus zu füttern und sie auf die Koppeln zu lassen. Die jüngeren Tiere waren im Sommer Tag und Nacht draußen. Nur die älteren kamen nachts in den Stall. Bobby suchte eilig nach seinen Schuhen, bis ihm einfiel, dass er sie ja bei Nummer 268 im Stall vergessen hatte.

Er rannte auf Strümpfen den staubigen Sandweg entlang zum Stall, um sie zu holen. Es hatte seit Wochen nicht geregnet und es war sehr heiß gewesen. Am Stall angekommen sah Bobby, wie sein Vater gerade eine Känguruherde auf das neben dem Stallgebäude gelegene, von der Sonne ausgedörrte Grasland ließ. Dort konnten sich die Tiere tagsüber nach Belieben frei bewegen. Auch Nummer 268 war unter den fröhlich im Kreis hüpfenden Kängurus. Bobby sah ihr an, wie sie sich freute, endlich wieder mit den anderen den Tag in der warmen Sonne zu verbringen.

„Guten Morgen. Wann kommt Nick denn?“, begrüßte er seinen Vater. Der hatte sich mittlerweile neben ihn an den Koppelzaun gestellt und sah ebenfalls den Kängurus zu.

„Um halb eins kommt sein Flugzeug in Canaria an, das heißt, wir sollten spätestens um halb zwölf hier losfahren. Für die Fahrt brauchen wir eine knappe Stunde.“

„Können wir Clipper mitnehmen?“, wollte Bobby wissen, „er war noch nie in Canaria, und ein Flugzeug aus der Nähe hat er auch noch nie gesehen.“

„Von mir aus schon, aber du wirst ihn an die Leine nehmen müssen, sonst bekommen wir womöglich Ärger.“

„Ach, das mit der Leine macht ihm nichts. Hauptsache ist, er darf mit“, freute sich Bobby.

Der Vormittag verging wider Erwarten schnell. Bobby frühstückte mit Frau Bolle und seinem Vater, dann stiegen Vater und Sohn in die Beutel von zwei Kängurus, die im Tennistraining schon weiter fortgeschritten waren, und kontrollierten den Koppelzaun ganz am nördlichsten Ende der Farm.

Das Känguru, in dessen Beutel Bobby saß, hieß Dick und hatte wegen seiner Figur Probleme mit Braunie, dem anderen Känguru, im Tempo mitzuhalten. Als sie anschließend zur Farm zurückkehrten, blieb gerade genug Zeit zum Händewaschen und um Clipper Leine und Halsband anzulegen. Dann fuhren sie auch schon los, um Nick vom Flughafen abzuholen.

Nachdem sie etwa zehn Minuten gefahren waren, verdunkelte sich der Himmel. Die Sonne war hinter einer dicken Schicht düsterer, schwarzer Wolken verschwunden.

„Es wird wohl endlich etwas Regen geben", seufzte Herr Modenia, „wird aber auch Zeit. Auf den meisten Koppeln wächst kaum noch etwas zu Fressen für die Kängurus. Das Gras ist völlig vertrocknet. Und von diesem elenden Staub jeden Tag habe ich auch genug."

„Du hast übrigens ein gutes Spiel gestern im Fernsehen verpasst", sagte er dann, „Basti Bong hat wieder mal fantastisch gespielt. Er ist wirklich ein verdammt talentierter Bursche, obwohl er mittlerweile nicht mehr der Allerjüngste ist. Rudi Westbank war ihm auf dem Tennisplatz hilflos ausgeliefert. Er hatte nicht den Hauch einer Chance, das Spiel zu gewinnen. Und trotzdem glaube ich, dass Basti mit einem von unseren Kängurus noch besser wäre."

Bobby wusste, was jetzt kommen würde, und sah gelangweilt aus dem Fenster.

„Einige Male konnte man genau sehen, dass sein Air Gordonski nicht sofort dahin gesprungen ist, wohin er sollte. Mit einem Känguru wie Little Champ würde ihm so etwas nicht passieren. Der würde den Spieler auf dem Tennisplatz niemals im Stich lassen. Er weiß genau, wann es ernst ist. Dann gibt er alles und kämpft, so gut er kann. Ich hatte selten ein Känguru mit soviel Herz wie ihn."

Bobby hörte dies seinen Vater nicht zum ersten Mal sagen. Er wusste, dass für den Vater ein Traum in Erfüllung ginge, wenn der berühmte Basti Bong eines Tages mit einem Känguru aus seiner Zucht spielen würde. Da diesen Traum viele Känguruzüchter hatten, war es aber sehr unwahrscheinlich, dass er je Wirklichkeit werden würde.

Ein wenig missmutig betrachtete Bobby den Himmel. Auf seinem Schoß saß Clipper, der zufrieden die Zunge aus dem Maul hängen ließ. Clipper war das Wetter völlig egal. Er schien selig zu sein, dass er im Auto mitfahren durfte. Normalerweise ließen die Modenias das Krokodil auf der Farm, wenn sie mit dem Auto in die Stadt fuhren.

Mit jeder Minute, die verging, verdunkelte sich der Himmel. Bobby runzelte die Stirn. Er hatte gehofft, mit Nick gleich einen Ausflug machen zu können. Wenn es jedoch regnete und die Kängurus nass wurden, begann ihr Fell übel zu riechen. Und auf einen längeren Ritt in einem stinkenden Känguru hatte er überhaupt keine Lust. Noch dazu, wenn der Teil von ihm, der nicht im Kängurubeutel steckte, ebenfalls nass wurde. Als hätte Herr Modenia Bobbys Gedanken erraten, stellte er fest: „Es soll den ganzen Tag heftig regnen und stark windig sein, haben sie im Wetterbericht gestern nach den Abendnachrichten angesagt. Wurde aber auch Zeit“, wiederholte er sich. „Du und Nick, ihr solltet heute Nachmittag lieber im Haus bleiben.“

Bobby nickte. Nick hatte bestimmt wieder so viel zu erzählen, dass sie sich im Haus keine Minute langweilen würden, selbst wenn es die ganze Woche regnete. Einen Ausflug konnten sie später immer noch machen, die Ferien waren noch lange nicht zu Ende.

Bobby fragte sich, ob Nick ihm wohl etwas mitbringen würde. Im letzten Jahr, als die Blibs vom Badeurlaub an der Ostküste von Quilong zurückgekommen waren, hatte Nick ihm ein batteriebetriebenes U-Boot für die Badewanne mitgebracht. Es war mit einer Fernsteuerung versehen und konnte richtig tauchen. Auf die Seiten des U-Bootes war mit leuchtenden Buchstaben der Name des Badeortes aufgemalt. Aber das U-Boot konnte nicht nur tauchen, sondern auch an der Oberfläche schwimmen. Es versank auch dann nicht, wenn man eine volle Flasche mit Haarwasser darauf abstellte. Bobby hatte sich riesig darüber gefreut. Er hatte es jeden Abend mit in die Badewanne genommen. Bis eines Tages Clipper, der normalerweise einen großen Bogen um die Badewanne machte, sich vorsichtig angepirscht hatte und plötzlich mit gebleckten Zähnen zu ihm in die Wanne gesprungen war. Mit aufgerissenem Maul hatte er sich auf das U-Boot gestürzt.

Noch ehe der verschreckte Bobby richtig begriff, was geschah, hatte Clipper das U-Boot in der Mitte durchgebissen und eine Hälfte verschluckt. Der Rest war traurig auf den Boden der Badewanne gesunken. Zu allem Überfluss hatte Clipper in der darauf folgenden Nacht schlimme Bauchschmerzen bekommen. Bobbys Vater war mit ihm mitten in der Nacht in die Tierklinik gefahren, wo ihm seine Beute operativ aus dem Magen entfernt werden musste.

Während Bobby noch an sein zerstörtes U-Boot dachte, fielen schon die ersten Regentropfen auf das Autodach, und nach kurzer Zeit ergoss sich ein wahrer Platzregen auf den fahrenden Wagen. Herr Modenia fuhr langsamer und schaltete die Scheinwerfer ein.

Canaria ist die Hauptstadt des dünn besiedelten Kontinents Quilong. In Canaria leben etwa vier Millionen Menschen, das ist knapp die Hälfte aller Bewohner von Quilong.

Von ihrem Farmhaus aus mussten die Modenias viele Kilometer zurücklegen, wenn sie ihre Nachbarn besuchten oder sich eine Tasse Zucker ausleihen wollten. Ihre Nachbarn, die Konstantins, waren einfache Leute wie sie selbst. Sie betrieben eine gutgehende Gummibaumplantage.

Das weite Grasland, das ihre Farm umgab, hatten sie längst hinter sich gelassen. Jetzt durchfuhren sie bereits die Vororte von Canaria. Je näher sie der Stadt kamen, desto enger standen die Häuser beieinander. Der Verkehr wurde immer dichter. Clipper schaute ängstlich aus dem Fenster.

„Er fürchtet sich", sagte Bobby zu seinem Vater und wies auf Clipper."

„Das tut dem alten Lümmel vielleicht mal ganz gut", antwortete Bobbys Vater mit ernster Miene. „Es kommt mir so vor, als sei der gute Clipper in der letzten Zeit ganz schön frech geworden. Erst neulich habe ich ihn dabei erwischt, wie er in einem Sack Kängurufutter gesessen und mein gutes Futter gefressen hat. Als ob er nicht genug zu essen bekäme!"

Vater und Sohn mussten beide schmunzeln.

Während sie sich noch über Clippers letzte Untaten ausließen, fuhren sie endlich in einer dichten Autoschlange auf das weitläufige Flughafengelände. Es regnete immer noch heftig, als sie auf einer Rampe zu den Parkdecks hinauffuhren.

„Wo müssen wir denn jetzt hin?", wollte Bobby

wissen, der erst wenige Male hier gewesen war.

„Nicks Mutter sagte, dass er am Flugsteig 17 ankommt. Der ist da hinten links. Siehst du, hier ist Flugsteig 34, dann muss 17 weiter links sein."

Sie hielten schließlich vor dem Schild Nummer 17 an, Bobby stieg mit Clipper aus dem Auto und betrat schnell das Gebäude, um nicht vom Regen nass zu werden. Herr Modenia fuhr ein Stück weiter und parkte den Wagen.

Im Flughafengebäude wimmelte es nur so von Menschen, aber wenigstens war es trocken. Ein jeder schien es besonders eilig zu haben und nur vereinzelt saßen einige Reisende gelangweilt herum und warteten auf ihren Flug. Bobby nahm Clipper auf den Arm, weil er Angst hatte, jemand könne ihm in dem Gedränge auf den Schwanz treten. Er lief noch ein Stück vor, bis sie beide vor Flugsteig 17 standen. An einer elektronischen Tafel, hinter dem Schalter der Flughafenmitarbeiter, prangte in großen blauen Lettern der Schriftzug „Gelandet". Davor stand etwas kleiner „Flug NE 8638 Dubno". Bobby freute sich. Nicks Flugzeug war demnach bereits angekommen.

Aus dem Sicherheitsbereich hinter dem Schalter kam noch niemand hervor. Die Leute warteten vermutlich noch auf ihr Gepäck. Genau sehen konnte Bobby die soeben Angekommenen nicht, weil ihm die Sicht durch eine Wand aus Milchglas versperrt wurde. Bobby trat ungeduldig von einem Fuß auf den anderen und Clipper klapperte vor Aufregung mit den Zähnen.

Es dauerte nicht lange, bis der Vater sich zu den beiden gesellte. Sein gewelltes braunes Haar hing ihm in glitschigen Strähnen am Kopf herunter und

Wassertropfen fielen auf seine Schultern. Trotz der Nässe grinste er zufrieden. Gemeinsam sahen sie zu, wie die ersten Flugreisenden den Sicherheitsbereich von Flugsteig 17 verließen und schwer bepackt nach ihren Angehörigen Ausschau hielten, die sie abholen sollten. Meistens waren es Familien mit Kindern, die aus den Sommerferien zurückkamen.

Bobby war erst einmal in seinem Leben geflogen, als er zu der zweiten Hochzeit seiner Mutter gereist war. Der Flug hatte ihm an der ganzen Feierlichkeit am besten gefallen. Den neuen Mann seiner Mutter fand er blöd, und andere Kinder hatte es auch keine gegeben, nur ernste Erwachsene. Bobby hatte sich entsetzlich gelangweilt. Außerdem fand er es seltsam, seine Mutter glücklich lachend an der Seite eines fremden Mannes zu sehen.

Nun aber stand er unruhig da und wartete, dass Nick endlich hinter der Glasscheibe hervorkam. Als Bobby zum x-ten Mal auf seine Uhr sah, kam Nick schließlich nach einer Großfamilie mit mindestens zehn Kindern hinter der Absperrung hervor. Er freute sich riesig, als er Bobby und Herrn Modenia warten sah. Nick trug zwei dicke gestreifte Koffer, einen Rucksack und eine Plastiktüte. Strahlend lief er zu den Modenias, die etwas abseits warteten. Bobbys Vater nahm ihm die Koffer ab, und Bobby bot sich eilig an, die Plastiktüte zu tragen.

„Hallo, Bobby, guten Tag, Herr Modenia“, begrüßte Nick die beiden fröhlich. „In der Tüte ist dein Mitbringsel“, sagte er dann zu Bobby als er dessen neugierigen Blick sah.

„Was ist es denn?“, wollte Bobby wissen, da Herr

Modenia bereits in Richtung Ausgang davon schritt.

„Ein Topf Hautcreme für Krokodile mit pflegender Vulkanasche“, erklärte Nick stolz, „davon soll die Haut ganz toll glänzen. Das Zeug ist echt gut, ich hab’s selbst ausprobiert. Außerdem hat dir meine Mutter noch eine große Tüte mit Vulkankeksen rein getan. Die gibt’s in Dubno an jeder Straßenecke, aber ich kann sie nicht mehr sehen, obwohl Gerti mir nie viele davon abgeben wollte.“

Bobby bedankte sich und gemeinsam liefen sie Bobbys Vater hinterher.

Nick war ungefähr so groß wie Bobby, vielleicht etwas breiter. Er hatte braune Augen und dichte braune Locken, die sorgfältig geschnitten und ordentlich frisiert waren. Wie immer hatte er großen Wert auf sein Aussehen gelegt. Denn Nick war ein bisschen eitel. Bobby vermutete, dass einer der beiden Koffer randvoll mit Nicks Kosmetikkram war.

„Mann, bin ich froh, dass dieser furchtbare Flug vorbei ist“, stöhnte Nick. „Ich habe mich zu Tode gelangweilt. Und eng war es da drin! Neben mir saß eine dicke alte Frau mit ihrer Zwerghyäne. Die haben beide von einem Teller gegessen. Das war vielleicht eklig! Und ich hatte ständig den Schwanz von dem Vieh im Gesicht.“

Bobbys Vater hörte sich Nicks Bericht neugierig an. Er selbst war noch nie weiter als zweihundert Kilometer von seinem Heimatort entfernt gewesen. Er fuhr stets mit dem Auto. Ein Flugzeug hatte er, außer in schlechten Katastrophenfilmen, noch nie von innen gesehen.

„Du hast es ja jetzt überstanden“, sagte er dann beruhigend zu Nick, der nicht aufhören wollte zu meckern. Gerade war er dabei, über das fürchterliche Essen an Bord zu schimpfen.

Als die drei das Flughafengebäude verließen, regnete es immer noch unablässig. Man konnte nicht sehr weit sehen und Bobbys Vater musste zunächst überlegen, wo er eingeparkt hatte. Dann liefen sie, so schnell es mit dem schweren Gepäck ging, zum Auto.

Clipper wackelte freudig mit dem Schwanz, als er endlich auf Bobbys Schoß saß. Ihn störte die Nässe überhaupt nicht. Er war nur froh, wieder in vertrauter Umgebung zu sein, fernab von den vielen Menschen im Flughafengebäude.

Die Fahrt nach Hause verging sehr schnell. Nick erzählte begeistert von seinen Ferien. Lange beschrieb er die schroffe Vulkanlandschaft von Dubno und ließ am Ende seiner Erzählung auch eine detaillierte Beschreibung des durchbohrten Zehs seines Vaters nicht aus. Die Modenias lauschten seinem Bericht gespannt. So etwas hörten sie schließlich nicht jeden Tag.

Auf der Farm angekommen, regnete es noch immer. Jetzt hatte auch der Wind aufgefrischt, und es wurde draußen zunehmend unangenehmer. Bobby und Nick liefen ins Haus. Vance Modenia folgte ihnen mit den beiden großen gestreiften Koffern und trug sie in Bobbys Zimmer. Er ging danach aber wieder nach draußen, um mit dem nachmittäglichen Training der Kängurus zu beginnen. Heute würde er wegen des Regens mit den Tieren in der Tennishalle bleiben müssen.

Bobby und Nick lagen derweil in Bobbys Zimmer auf den Betten und erzählten sich gegenseitig, was sie in den vergangenen Wochen alles erlebt hatten. Bobbys Bericht war ja zunächst sehr kurz ausgefallen. Frau Bolle brachte irgendwann ein paar belegte Brote mit Käse und Salat. Die beiden bemerkten sie kaum, so vertieft waren sie in ihre Unterhaltung.

3. Kapitel: Der seltsame Fremde

Die Zeit verging rasend schnell. Als es fast sieben Uhr war, liefen die beiden Jungen in die Küche zum Abendessen. Frau Bolle stellte gerade eine Pfanne mit gebratenen Tintenfischen in Rotkohl auf den Tisch, daneben einen Topf mit dampfenden Kartoffeln. Der Tisch war nur für drei Personen gedeckt.

„Dein Vater wird später essen", erklärte sie verstimmt, „er ist noch draußen in der Tennishalle mit einem Kunden. Der ist ganz überraschend aufgetaucht. Mir ist unbegreiflich, wie jemand bei diesem Wetter und ohne Termin so kurz vor dem Abendessen hier hereinplatzen kann, um ein Känguru zu kaufen. Wenn ihr mich fragt, diese Person kauft garantiert nichts. Das ist nur ein Wichtigtuer, der dem armen Herrn Modenia Zeit und seine pünktliche warme Mahlzeit stiehlt. So was Unseriöses sollte man gar nicht erst hereinlassen. Ich hätte ihn aufgefordert, am nächsten Tag wieder zukommen, aber dein Vater war natürlich freundlich und zuvorkommend wie immer. Das hat er nun davon ..."

Sie schimpfte während des Essens noch eine Weile weiter, aber die Jungen hörten ihr nicht länger zu. In der Tat, es war selten, dass Kunden zu Bobbys Vater kamen, ohne vorher mit ihm einen Termin zu vereinbaren. Aber gelegentlich kam das eben vor.

Nick erzählte mit vollem Mund zum dritten Mal von seinen Ferien. Den ausführlichen Bericht über den Zeh seines Vaters ließ er bei Tisch sicherheitshalber weg. Frau Bolle war, was Tischgespräche anging, etwas empfindlich. Und da sie ohnehin schon wegen der Abwesenheit von Herrn Modenia leicht angesäuert war, wollte Nick sie nicht noch mehr verärgern. Während Frau Bolle dem Bericht Nicks lauschte, besserte sich ihre Laune zusehends. Auch sie war in ihrem Leben noch nicht weit gereist. So schwatzten die drei eine ganze Weile über die Vulkane, die Nick gesehen hatte. Als er dann von dem Schnupfen seines Vaters erzählte, erklärte Frau Bolle ihnen, wie man aus Ingwer, Honig, Sardellen, Zwiebeln und Dosenmilch einen garantiert wirksamen Erkältungssaft herstellen konnte. Bobby kannte diesen Saft nur zu gut. Jetzt, da er wusste, weshalb er so scheußlich schmeckte, beschloss er, in Zukunft nie wieder einen Schnupfen zu bekommen.

Als sie mit dem Essen fast fertig waren – Frau Bolle hatte diesmal, um Nicks Ankunft entsprechend zu feiern, eine große Schüssel Kokosnusscreme gekocht –, kam Vance Modenia mit einem verschmitzten Lächeln auf dem Gesicht zur Tür herein. Sofort hellte sich Frau Bolles Blick noch mehr auf, sie holte einen sauberen Teller und Besteck für ihn aus dem braunen Eichenschrank und tat ihm eine große Portion Tintenfisch, Rotkohl und Kartoffeln auf.

„Leider ist das Essen nicht mehr heiß“, sagte sie mit bedauernder Miene.

Bobbys Vater rührte den Teller jedoch zunächst nicht an, sondern starrte ein wenig ungläubig in die Runde.

„Ihr glaubt nicht, was das eben für ein komischer Kunde war“, begann er zu erzählen. „Er hat drei von unseren besten Kängurus gekauft, zwei Söhne und eine Tochter von Little Champ. Er hat sie auch sofort bezahlt. Will morgen Mittag mit dem Laster kommen, um sie abzuholen. So schnell hat sich noch keiner zu einem Kauf in dieser Preisklasse entschieden.“

Dabei rührte er mit der Gabel gedankenversunken auf seinem Teller herum.

„Die meisten Leute schlafen noch einmal eine Nacht darüber, kommen mit ihrem Tierarzt wieder und wollen mich dann noch herunterhandeln. Aber dieser Mann sagte, wenn ich ihm versicherte, dass die Tiere gesund seien, dann vertraue er mir. Er hat sofort eingeschlagen und sein Portemonnaie herausgeholt."

Vance Modenia legte einen dicken Stapel Geldscheine auf den Tisch und begann, sich genüsslich eine Gabel voll Fisch in den Mund zu schieben.

„Er hatte aber ein gutes Auge, das sage ich euch. Die drei hätte ich selbst auch genommen."

„Welche sind es denn?", wollte Bobby wissen. Ihm fiel es jedes Mal aufs Neue schwer, sich von den Tieren zu trennen, die bis dahin auf der Farm der Modenias gelebt hatten.

„Er hat Braver, Fix und Charmante gekauft. Er erzählte mir, er würde sie für seinen Sohn kaufen, der in der Tennisanlage von Basti Bong trainieren soll. Der Sohn wird auch, wenn Basti Bongs eigner Trainingsplan das zulässt, von ihm selbst trainiert. Normalerweise hätte ich sofort gedacht, dass es sich bei dem Typen um einen Spinner handelt. Wir haben ja nicht mal einen Kaufvertrag unterzeichnet. Aber er hat mir, ohne zu zögern, eine Summe bezahlt, von der man ein kleines Haus kaufen könnte. Nein, so was."

Er schüttelte, selbst noch ungläubig den Kopf, und widmete sich dann voll und ganz dem Essen auf seinem Teller.

Am nächsten Morgen hatte der Regen zwar etwas nachgelassen, aber nicht aufgehört. Bobby und Nick waren noch bis spät in die Nacht ins Gespräch vertieft gewesen. Sie hatten überlegt, ob es wirklich sein konnte, dass der Käufer der drei Kängurus Basti Bong persönlich kannte, und ob Basti Bong jetzt ebenfalls Interesse an den Kängurus von Bobbys Vater zeigen würde.

Als Nick erwachte, war es bereits nach zehn Uhr. Er weckte Bobby, der unter seiner Daunendecke zusammengerollt lag und rhythmisch schnarchte. Beide beeilten sich mit der morgendlichen Toilette. Selbst der eitle Nick brauchte entgegen seiner normalen Gewohnheit nur wenige Minuten im Badezimmer. Das Frühstück ließen sie ausfallen. Sie wollten um keinen Preis den fremden Mann verpassen, der gegen Mittag wiederkommen sollte.

Als sie das Haus verließen, war draußen niemand zu sehen.

„Meinst du, er war schon da und wir haben ihn verpasst?“, fragte Nick besorgt.

„Glaub´ ich nicht“, antwortete Bobby, „es ist doch erst kurz vor elf und Clipper hätte uns bestimmt geweckt, wenn ein Auto oder Laster bei uns vorgefahren wäre.“

„Können wir nicht einfach nachsehen, ob die drei Kängurus noch da sind, um ganz sicher zu gehen?“

„Klar, können wir“, und Bobby rannte zielstrebig zu einem der Stallgebäude. Nick folgte ihm. Sie liefen über den mittlerweile vom Regen aufgeweichten, matschigen Pfad und machten vor einem der Ställe halt.

„Mal sehen“, überlegte Bobby laut, „Charmante hatte früher die Nummer 612, also müsste sie in diesem Gebäude ihren Stall haben. Ich glaube, er ist ziemlich weit auf der rechten Seite. Ach, da haben wir ihn ja", sagte er, nachdem er noch eine Weile überlegt und dann begonnen hatte, am Stall entlang zu gehen.

„Sie ist noch da", stellte Nick fest. Tatsächlich saß hinter der halbgeöffneten Tür mit der Nummer 612 ein sehr apartes Känguruweibchen. Bobby öffnete die Stalltür, und die Jungen gingen hinein. Nick streichelte ihr den Bauch und inspizierte die mächtigen Muskeln an Beinen und Schwanz des Kängurus.

„Sie ist in guter Form, nicht?", wollte er wissen.

„Ja, ist sie" stimmte Bobby ihm zu, „mein Vater hat im letzten Jahr auch sehr viel mit ihr gearbeitet. Es gab eine Menge Leute, die an ihr interessiert waren. Aber die meisten konnten sie sich einfach nicht leisten. Der Mann, der sie gestern gekauft hat, muss unglaublich reich sein."

Auch Bobby streichelte dem Känguru, das ihn neugierig beschnüffelte, die Nase. Das graubraune Fell fühlte sich glatt und warm an, und Bobby wurde ein wenig traurig bei dem Gedanken, dass wieder eines der Kängurus, das er seit dessen Geburt kannte, die Farm verlassen würde. Nick hatte in einer Ecke des Stalls eine weiche Bürste gefunden und nun bürstete er das Fell des Kängurus, bis es trotz des gedämpften Lichtes zu glänzen begann. Dann setzten sich die beiden an die Stallwand und warteten bei Charmante auf den Fremden. Das Känguru hatte erst eine Weile regungslos neben ihnen gesessen, sich dann aber abgewandt und begonnen, aus der Heuraufe von seinem Heu zu fressen.

Nick wusste, dass Bobby der Abschied von den Kängurus nicht leicht fiel. Deshalb schwieg er. So saßen sie nebeneinander im Stroh, bis sie einen

Lastwagen auf das Farmgelände fahren hörten. Kurz darauf ertönte Frau Bolles erregte Stimme. Sie bemühte sich nach Kräften, Clipper von dem Ankömmling fernzuhalten. Die Jungen verließen den Stall, um den fremden Mann ebenfalls in Augenschein zu nehmen. Als sie bei dem Laster ankamen, stellten sie fest, dass zwei Männer aus dem Führerhaus ausstiegen. Frau Bolle und Clipper waren nicht mehr zu sehen. Bobbys Vater kam aus seinem Büro, um die beiden zu begrüßen.

„Schön, Sie zu sehen", begrüßte Bobbys Vater die Männer.

„Hallo, Herr Modenia", antwortete ihm der ältere der beiden, „ich habe meinen Sohn gleich mitgebracht, damit er sehen kann, was für feine Tenniskängurus Sie hier haben."

Der Jüngere der beiden reichte Bobbys Vater freundlich die Hand.

„Während wir den Papierkram erledigen, können mein Sohn und sein Freund die Kängurus schon verladen", bot Herr Modenia an. Die beiden Männer nickten zustimmend.

„Bobby, Nick, würdet ihr bitte die Kängurus von Herrn Lee holen?", wandte er sich an die Jungen.

„Machen wir", antworteten beide gleichzeitig.

„Haben sie etwas dagegen, wenn ich den Jungs helfe und mir vielleicht noch die anderen Kängurus ansehe?", fragte der jüngere Mann höflich.

„Nein, nein", antwortete Bobbys Vater, „sehen Sie sich ruhig um. Die Jungen können Ihnen alles zeigen." Dann ging er mit dem älteren Herrn Lee zurück in sein Büro.

„Ich heiße Frederik Lee", stellte sich der junge Mann,

der etwa zwanzig Jahre alt sein mochte, den beiden vor.

Nachdem auch Bobby und Nick sich vorgestellt hatten, begannen sie mit einem Rundgang über das Gelände. Sie zeigten Frederik Lee die sechs Stalltrakte und gingen dann zu den Koppelzäunen. Die Kängurus auf den Koppeln waren aber so weit vom Zaun entfernt, dass man sie nur schemenhaft als braune Flecken in der Ferne erahnen konnte.

„Trainieren Sie wirklich in derselben Tennisanlage wie Basti Bong?", platzte es irgendwann aus Bobby heraus. Er hatte die ganze Zeit an nichts anderes denken können.

„Ja", antwortete Frederik Lee bescheiden. „Er ist sehr nett, und wenn er Zeit hat, hilft er mir manchmal beim Training. Basti Bong ist vor einer Weile in sein neues Haus im Norden von Quilong gezogen. Er hat dort auch eine neue Trainingsanlage und Känguruställe bauen lassen. Sieht toll aus. Mein Vater hat einen kleinen Teil der Anlage gemietet. Deshalb sind wir in dieselbe Gegend gezogen und sind jetzt seine Nachbarn."

„Ist ja toll", sprudelte es aus Nick heraus, der eine Vorliebe für Prominente hatte, und der immer wieder die Geschichte erzählte, wie er einmal in den Ferien im gleichen Stuhl wie der Sänger seiner Lieblingsgruppe gesessen hatte.

„Spielst du schon lange Tennis?", wollte Bobby von Frederik wissen.

„Ja, schon", antwortete dieser und begann zu erzählen. „Mein Vater war mal in der Quilonger Bowling Nationalmannschaft und wurde vor zwanzig Jahren sogar mehrfach Vizemeister. Vater wollte immer, dass ich auch irgendwann so gut Bowling spiele, wie er. Leider habe ich nicht sein Talent geerbt. Als Vierjähriger hatte ich einmal eine Stunde Bowlingunterricht, bei der ich zielsicher an den Pins vorbei geschossen hatte. Da bin ich einfach weggelaufen. Ich habe mich damals in einer Tennishalle ganz in der Nähe versteckt und den Tennisspielern zugesehen. Ich fand total toll, was die Tennisspieler da machten.

Plötzlich stand ein Känguru vor mir, mit einem Schläger im Beutel. Ich bin also in den Beutel gestiegen, und bevor ich wusste, was ich tat, spielte ich Tennis gegen eine Wand. Als mein Vater mich schließlich fand, fiel ihm die Kinnlade herunter. Von diesem Tag an spielte ich nicht mehr Bowling, sondern Tennis. Mit fünf Jahren besaß ich schon mein erstes eigenes Tenniskänguru."

„Wow", staunten Bobby und Nick.

Inzwischen hatten sie sich auf den Weg gemacht, um Braver aus dem Stall zu holen und ihn auf den LKW zu verfrachten.

„Was glaubst du, was Basti Bong zu den Kängurus aus unserer Zucht sagen wird?", wollte Bobby von Frederik wissen.

„Ich denke schon, dass er erkennt, was für gute Kängurus das sind", meinte Frederik, „ich glaube aber nicht, dass er das in Gegenwart anderer sagen würde. Er bekommt seine Kängurus ausschließlich aus der Zucht seines Onkels. Es besteht kein Zweifel daran, dass dieser Onkel in der Vergangenheit ein paar ausgezeichnete Tenniskängurus für den großen Sport hervorgebracht hat. Aber wenn ihr mich fragt, hat er in den letzten Jahren nachgelassen. Seht euch nur Air Gordonski an. Klar, das ist ein ausgezeichnetes Tenniskänguru, aber irgendwie fehlt ihm das letzte Fünkchen Kampfgeist. Bei dem Spiel vor einigen Tagen konnte man das deutlich sehen. Wäre Basti Bong nicht so ein guter Spieler, hätte das Spiel auch anders ausgehen können."

Sie waren im Stall von Braver angekommen, legten ihm eine Leine um den Hals und gingen weiter, um auch Fix und Charmante zu holen. Gemeinsam bugsierten sie dann die drei Kängurus in das Innere des LKWs und machten die Leinen an der Wand fest, damit die Kängurus während der Fahrt nicht wild umherhüpften.

„Wie lange braucht ihr für den Weg nach Hause?", wollte Bobby wissen.

„Och, heute fahren wir ungefähr fünf oder sechs

Stunden, übernachten dann irgendwo und fahren morgen bestimmt noch mal so viel. Mit den Kängurus im Laster kann man ja nur langsam fahren".

In diesem Moment verließen Herr Modenia und Herr Lee das Büro und kamen zu den Dreien.

„So, dann wäre ja alles geklärt", sagte Herr Lee sichtlich zufrieden und bestieg den Laster. „Komm, Frederik, wir haben eine lange Fahrt vor uns."

Nachdem sich alle voneinander verabschiedet hatten, fuhr der Laster los und war bald nicht mehr zu sehen.

„Ich glaube, wir haben heute einen Grund zum Feiern", erklärte Bobbys Vater stolz, „warum lauft ihr nicht rein und holt Frau Bolle? Wir fahren in die Stadt und gehen dort nett essen."

Bobby und Nick rannten los. Kurze Zeit später saßen alle vier im Auto und fuhren in Richtung Beckus, dem kleinen Städtchen westlich der Farm, nur zwanzig Minuten mit dem Auto entfernt. Es war die Stadt, in der Nick und Bobby normalerweise auch zur Schule gingen. Schon bald saßen sie in einem schicken Restaurant an einem liebevoll gedeckten Tisch und suchten sich auf der Speisekarte jeder etwas zum Mittagessen aus.

Während sie warteten, erinnerte sich Vance Modenia, in einem Tennismagazin über Frederik Lee gelesen zu haben. Er sei unter den Junioren sehr viel versprechend, und namhafte Experten sagten ihm eine steile Karriere voraus.

„Ich habe seinen Vater gestern Abend nicht erkannt. Ich hatte seinen Namen auch nicht richtig verstanden. Ich meinte gehört zu haben, er heiße Phi oder so ähnlich“, erklärte er.

Bobby und Nick berichteten, was Frederik ihnen erzählt hatte.

„Es ist doch allgemein bekannt, dass Basti Bong nur Kängurus aus der Zucht seines Onkels benutzt“, meinte Bobbys Vater. „Eigentlich sollte man meinen, ein Spieler seiner Klasse würde erkennen, wie unklug es ist, sich auf einen Züchter zu beschränken. Ich kenne keinen Sportler, der so etwas tut.“

„Aber dafür muss es doch einen Grund geben, oder nicht?“, wunderte sich Bobby.

„Vielleicht wurde in der Vergangenheit mal eine Absprache getroffen“, überlegte Nick laut.

„Das kann schon sein“, sagte Bobbys Vater, „üblich ist das jedenfalls nicht.“

„Weshalb nimmst du nicht einfach Little Champ, setzt ihn in den Anhänger und zeigst dem Basti, dass du das beste Tenniskänguru von Quilong hast“, fragte Bobby seinen Vater aufgeregt. „Denk doch nur an die Werbung, die Herr Bong für uns machen würde, wenn er im Fernsehen mit einem unserer Kängurus gewinnt.“

„Ich mache mich doch nicht lächerlich“, entgegnete Vance Modenia entrüstet.

Frau Bolle war ganz und gar seiner Meinung.

„Dein Vater kann doch nicht einfach uneingeladen zu Basti Bong fahren, um ihm ein Känguru zu zeigen. Sie würden ihn wie einen gewöhnlichen Hausierer sofort wieder wegschicken. Ja, sie würden ihn nicht einmal das Grundstück betreten lassen.“ Dabei schüttelte sie energisch den Kopf. „Nein, also das gehört sich nun wirklich nicht.“

„Ja, aber lassen sie Basti Little Champ nur für fünf

Minuten ausprobieren, dann würde er doch sofort erkennen, dass Ihr Känguru viel besser ist als sein hässlicher alter Air Gordonski", hakte Nick nach.

„Schluss jetzt, Herr Bong wird Little Champ nur dann ausprobieren, wenn er zu uns auf die Farm kommt und mich darum bittet", sagte Herr Modenia bestimmt.

Den Jungen war klar, dass er seine Meinung nicht ändern würde. Sie würden ihn höchstens verärgern, wenn sie ihn weiter bedrängten. Während des Essens wechselten sie dann das Thema und sprachen über einen neuen Sportwagen, den Flammenflitzer XJPGTD4WD, der noch dieses Jahr auf den Markt kommen sollte und von dem Frau Bolle besonders schwärmte.

Als sie nach dem Essen auf die Farm zurückkamen, machte Bobbys Vater sich sofort an seine Arbeit. Frau Bolle verschwand im Haus, um etwas aufzuräumen, und die Jungen beschlossen, noch eine Runde mit den Kängurus über das Farmgelände zu drehen. Sie sollten die Tiere auf den Weiden zählen, um sicher zu gehen, dass keines weggelaufen oder gestohlen worden war. Gelegentlich verschwand schon mal ein Känguru von der Koppel.

Sie holten Clipper aus dem Haus. Als sie in die Stadt fuhren, hatten sie ihn allein auf der Farm zurückgelassen. Aus gutem Grund, denn Clipper konnte sich in Restaurants nicht benehmen. Einmal hatte er vor lauter Aufregung in diesem Restaurant, in dem sie heute gesessen hatten, eine Palme umgeworfen. Dabei waren die vielen braunen Tonkügelchen, die in dem Blumentopf die Pflanze hielten, durch den ganzen Laden gekullert und der arme gestresste Kellner war mehrfach darauf ausgerutscht.

Bobbys Vater explodierte an jenem Tag zu allem Überfluss auch noch die Ketchupflasche. Als er zu fest zudrückte, verteilte sich die rote Masse gleichmäßig auf Fußboden, Tischtuch, Tellern und auf Herrn Modenia. Er konnte den Kellner nur mit einem besonders großzügigen Trinkgeld besänftigen.

Bobbys Vater hatte durch diesen Vorfall einiges gelernt, nämlich dass er eigentlich überhaupt keinen Ketchup mochte – Essig und Öl schmeckten auf Kartoffeln doch viel besser – und dass Krokodile in Restaurants nichts zu suchen hatten. Clipper bekam an jenem Tag ein lebenslanges Restaurantverbot.

Bobby und Nick machten sich mit Clipper, Schreibblock und Kugelschreiber bewaffnet auf die Suche nach Bobbys Vater, um ihn zu fragen, welche Kängurus sie eigentlich zählen sollten. Dann liefen sie zu einem der Ställe, zogen zwei jüngeren Kängurus Tennisschuhe an und ihre eigenen aus, und kletterten in die Beutel der Tiere.

„Die richtig guten Kängurus gibt mir mein Vater nicht mehr. Er meint, ich würde sie ihm verderben", erklärte Bobby, während sie schon in gemächlichem Tempo in Richtung der südlichen Weide davonhüpften.

4. Kapitel Ein Plan entsteht

Den ganzen Nachmittag waren die beiden mit dem Zählen der Tiere auf der Südweide beschäftigt. Einige Male mussten sie von vorn beginnen, weil sie sich laufend verzählten. Pünktlich um sieben Uhr saßen Nick und Bobby am Abendbrottisch, wo Frau Bolle ihnen Weißfischfilet in Honigsoße mit gedünstetem Lauch servierte.

Nach dem Essen gingen sie in Bobbys Zimmer, um mit seinem Computer zu spielen. Bobby hatte sich in der vorangegangenen Woche ein neues Spiel über den Versandhandel bestellt. Weil er bisher so wenig Freizeit gehabt hatte, konnte er es noch nicht ausprobieren. Tagsüber half er dem Vater bei der Arbeit und abends war er meist zu kaputt. Sie spielten eine Weile „In den Fängen des Killerkannibalen Kurt“. Als der Killerkannibale dem von Bobby ausgewählten Gegner, dem fetten Becker Barthold mit seinem stählernen Nudelholz, zum fünften Mal hintereinander einen Arm abgebissen hatte, verließ Bobby die Lust am Spiel. Er warf sich aufs Bett und mochte nicht noch dabei zusehen, wie Nicks Spielfigur, der gelenkige Gärtner Gabriel mit seinem Gartenschlauch voll Jauche, ebenfalls wichtige Gliedmaßen verlieren würde.

„Zu blöd, dass mein Vater nicht einfach zu Basti Bong fährt und ihn bittet, Little Champ auszuprobieren“, sagte Bobby nachdenklich.

„Was?“, fragte Nick, der nur die zweite Hälfte des Satzes gehört hatte. Er kämpfte immer noch mit dem Killerkannibalen, obwohl der Gärtner Gabriel bereits ein Ohr und ein paar Finger verloren hatte.

„Ich meine", fuhr Bobby fort, „es wäre eigentlich ganz einfach, schließlich kennen wir jetzt doch die genaue Adresse von Basti Bong. Mein Vater spricht immer wieder davon, dass Little Champ das richtige Känguru für ihn wäre. Wir müssten nur hinfahren und ihm Little Champ auf den Tennisplatz setzen. Basti Bong hätte doch nichts zu verlieren.

„Was meinst du, wie viele Sportfirmen Herrn Bong belästigen", antwortete Nick, nachdem Gabriel seinen Kampf gegen Kurt, den Kannibalen, verloren hatte, weil dieser ihm den Kopf samt Strohhut abgebissen hatte. „Der arme Mann hat alle Hände voll zu tun, nicht ständig von irgendwelchen Spinnern belästigt zu werden".

„Ja schon, aber er wird doch wohl erkennen, dass wir keine Spinner sind. Schließlich haben wir doch ein erstklassiges ausgewachsenes Känguru in Topform zu bieten und wollen ihm keine neue Duschseife oder ein Mittel gegen Fußpilz andrehen. Das kann er nicht übersehen."

Nick dachte einen Moment über das Gesagte nach und stimmte Bobby zu: „Ja, könnte sein. Aber ich glaube nicht, dass wir das so deinem Vater beibringen können."

Bobby sah Nick eine Weile nachdenklich an, dann griente er: „Na ja, eigentlich muss mein Vater doch gar nicht dabei sein, wenn Little Champ zu Bastis Tennisanlage gebracht wird", sagte er vorsichtig. „Du meinst doch nicht etwa, wir sollten Little Champ allein zu Basti Bong bringen?", fragte Nick ungläubig.

„Genau das meine ich", antwortete Bobby bestimmt. „Denk doch mal nach, Nick. Wir müssten Little Champ und – sagen wir, um ihm Gesellschaft zu geben – noch ein zweites Känguru in den Anhänger meines Vaters setzen. Den Anhänger koppeln wir an unseren Laster und fahren zu Basti Bong. Kängurufutter und Essen für uns nehmen wir aus der Küche mit. Übernachten können wir im Wagen."

„Also, zunächst einmal ist der Anhänger am Zugfahrzeug zu befestigen, bevor ein schweres Tier aufgeladen wird. Dann kann der Anhänger nicht umfallen, wenn das Tier sich darin bewegt", erklärte Nick und dachte dabei an seine gewichtige Schwester, die dicke Gerti. Beim letzten Campingurlaub der Blibs war sie einmal mit dem Wohnwagen umgekippt, als sie darin wild zu einem ihrer Lieblingslieder getanzt hatte. „Kannst du denn überhaupt Auto fahren?", fragte er plötzlich misstrauisch.

„Na ja, nicht besonders gut", gestand Bobby. „Ein bisschen schon, nur schnell bin ich noch nie gefahren „Wo die Gänge liegen, weiß ich. Wenn mein Vater dabei war und wir es nicht eilig hatten, durfte ich auf der Farm schon mal fahren."

„Aber, werden wir denn den Weg finden?", wollte Nick wissen.

„Mein Vater hat einen Reiseatlas im Wagen, falls er sich mal verfährt oder den Weg nach Hause nicht findet. Den Atlas hat ihm irgendwann meine Mutter zum Geburtstag geschenkt. Sie wollte damit seine Reiselust wecken, leider hat das nicht geklappt."

„Hm", sagte Nick zögerlich, „eigentlich fällt mir auch kein Grund mehr ein, weshalb wir es nicht versuchen sollten. Was meinst du, wie lange wird es dauern, bis dein Vater bemerkt, dass wir mit seinem Superkänguru auf und davon sind?"

„Darüber habe ich gerade nachgedacht", erwiderte Bobby. „Also, heute ist Sonntag. Mal sehen. Morgen bekommen wir um die Mittagszeit Heu geliefert.

Nachmittags trainiert mein Vater immer die Kängurus, es sei denn, er hat einen Termin mit einem Kunden. Beim Training helfe ich ihm zwar oft, aber jetzt, wo du hier bist, brauchen wir bestimmt nicht dabei zu sein. Vor dem Schlafengehen macht er noch mal einen Rundgang durch die Ställe. Wenn wir einfach ein anderes Känguru in die Box von Little Champ setzen, würde er erst bemerken, dass es fehlt, wenn er am darauffolgenden Morgen bei Tageslicht den Stall säubert. Wir könnten nach dem Abendessen so tun, als würden wir wieder mit Kurt, dem Killerkannibalen, spielen. In Wirklichkeit aber verladen wir die Kängurus und fahren los. Dann hätten wir, wenn wir die Nacht durchfahren, mindestens zwölf Stunden Vorsprung und damit fast drei Viertel des Weges hinter uns."

„Also, los?", fragte Nick leise.

„Ja" antwortete Bobby bestimmt, „so machen wir es."

Obwohl es recht früh am Abend war, beschlossen die beiden, schlafen zu gehen, um für die kommende Nacht fit zu sein. Bevor sie einschliefen, überlegten sie noch, wann der günstigste Zeitpunkt wäre, die notwendigen Lebensmittel aus Frau Bolles Küche zu holen, ohne dabei von ihr erwischt zu werden. Sie besprachen noch die Einzelheiten ihres Plans und versuchten dann, schnell einzuschlafen. Bald darauf hörte Bobby seinen Freund ruhig und gleichmäßig atmen.

Er selbst lag noch eine Weile wach, weil der Gedanke, seinem Vater dessen größten Wunsch zu erfüllen, ihn nicht einschlafen ließ. Er stellte sich seinen Vater breit grinsend neben Basti Bong vor, der noch in Little Champs Beutel saß und triumphierend den goldenen Pokal von Daitona in den Händen hielt.

Die Jungen wurden am nächsten Morgen früh wach. Sie beschlossen, noch ein Weilchen im Bett zu bleiben. Lange hielten sie das nicht durch. Zu aufgeregt waren sie, ob ihnen die Vorbereitung ihres Planes ohne Zwischenfälle gelingen würde. Draußen begann es wieder zu regnen. Dicke Tropfen klatschten an die Fensterscheibe des Zimmers. Sie standen auf und überlegten noch einmal, was sie für die geplante Fahrt alles bräuchten. Bobby wollte nur Zahnbürste und Zahncreme mitnehmen, Nick sah das völlig anders.

„Na, hör mal! Du glaubst doch nicht, wenn ich Basti Bong zum ersten Mal in meinem Leben persönlich treffe, dass ich ungekämmt und mit der Unterwäsche vom Vortag dort auftauche," ereiferte er sich.

„Meinst du, den interessiert, ob du frische Unterhosen anhast", versuchte Bobby ihn vom Gegenteil zu überzeugen.

Aber Nick ließ sich auf keine Diskussion ein. Er packte schon seinen Rucksack.

„Hoffentlich passt alles rein", sagte er besorgt, während er versuchte, das Deospray, einen kompletten Satz Kleidung und seine guten Schuhe in den Sack zu stopfen. „Meinst du, ich sollte meine Sonnenbrille mitnehmen?"

„Ist mir egal", knurrte Bobby gleichgültig, der nun ebenfalls einen Rucksack mit Kleidung füllte, schließlich wollte er neben Nick nicht aussehen wie ein zerlumpter Penner. Als sie schließlich noch Bobbys Erdkundeatlas eingesteckt hatten, war alles zur Abreise bereit.

Sie gingen in die Küche, um zu frühstücken. Frau Bolle polierte gerade die Holztüren des Eichenschrankes.

„Na, ihr habt aber lange geschlafen“, stellte sie fest.

„Ja, wir haben bis spät abends mit dem Killerkannibalen gespielt“, erklärte Bobby.

„Wir wollen heute Abend weiterspielen“, fügte Nick laut und deutlich hinzu. „Bobbys neues Spiel ist super.“

Frau Bolle nickte kurz und polierte den Schrank weiter. Sie hielt nichts von diesen gewalttätigen Videospielen. Dann fiel ihr etwas ein. Sie hielt mit dem Polieren inne: „Ich bin heute Mittag nicht da, ich habe einen Termin beim Friseur. Bei diesem abscheulichen Regenwetter ist meine Dauerwelle ganz kraus geworden. Wenn ihr mittags etwas essen wollt, müsst ihr es euch selbst nehmen. Ich habe grünen Aal in Gelee im Kühlschrank, den könnt ihr essen. Aber schmiert mir nicht die ganze Küche voll. Ich habe gerade erst sauber gemacht.“

„Ist gut“, antworteten beide artig wie aus einem Munde. Unbemerkt aus Frau Bolles Küche Lebensmittel zu holen, war eine ihrer schwierigsten Aufgaben. Selbst wenn Frau Bolle im Garten war, entging ihr nichts, was in ihrer Küche passierte.

Den Rest des Vormittags versuchten die beiden so normal wie möglich zu verbringen. Sie sahen fern und spielten mit Clipper. Die Zeit wollte einfach nicht vergehen. Unbemerkt schlichen sie in die Scheune, in der Bobbys Vater seinen Traktor, den Laster und zwei Tieranhänger abgestellt hatte. Dort wollten sie sich ein wenig umsehen. Sie zögerten hineinzugehen, weil sie das für gewöhnlich auch nicht taten und keinesfalls Aufsehen erregen wollten.

Argwöhnisch behielten sie Frau Bolles kleinen roten Sportwagen, einen Flammenflitzer älteren Baujahrs, im Auge. Das Auto hatte ihrem verstorbenen Mann gehört. Der war Mitglied in einem Unterwasserschützenverein gewesen und eines Tages von einem verirrten Schuss aus einer Harpune getötet worden. Frau Bolle hatte das Auto behalten, obwohl es eigentlich gar nicht zu ihr passte.

Eine Ewigkeit später kam sie aus dem Haus, über dem Arm trug sie ihre große, rote Straußenlederimitathandtasche. Um den Kopf hatte sie ein durchsichtiges Plastikkopftuch gewickelt. Sie stieg in den kleinen Flitzer, legte unter lautem Krachen und Knirschen einen Gang ein und fuhr davon.

„So gut wie Frau Bolle Auto fährt, fahre ich schon

lange“, lachte Bobby und grinste.

„Bestimmt“, erwiderte Nick. „Lass uns jetzt lieber reingehen und den Proviant zusammenpacken, bevor sie wiederkommt.“

Die beiden warteten noch eine Weile und liefen dann langsam und unauffällig ins Haus zur Küche. Nick öffnete den Kühlschrank und begann, darin wie wild herumzukramen. Er nahm die Hälfte des Inhalts heraus und legte die Sachen auf die Arbeitsfläche. Bobby machte sich in der geräumigen Speisekammer zu schaffen, um Brot und ein paar Flaschen Zuckerbrause herauszunehmen. Gerade wollte er seinen Freund fragen, wie viele Flaschen sie für die Fahrt bräuchten, als Vance Modenia die Küche betrat.

„Was macht ihr denn da?“, wollte er erstaunt wissen, „Nick, weshalb räumst du den Kühlschrank aus?“

„Och“, antwortete Bobby zögerlich, „der sucht nur was.“

„Er sucht bitte w-a-s in unserem Kühlschrank?“, wiederholte Herr Modenia ungläubig. Und hakte argwöhnisch nach: „Was soll denn da drin sein?“

„Grüner Aal in Gelee“, platzte es aus Nick heraus, „ich suche den grünen Aal in Gelee.“

„Welchen Aal in Gelee?“

„Na den, von dem Frau Bolle uns erzählt hat“, erklärte Nick erleichtert, weil ihm eine so gute Ausrede eingefallen war.

„Sie sagte, wenn wir Hunger bekämen, sollten wir den aufessen“, half Bobby aus. „Und weil wir jetzt Hunger haben, wollten wir ihn eben aus dem Kühlschrank nehmen. Ich habe aus der Speisekammer Brause für uns geholt.“

„Nun“, sagte Herr Modenia ein wenig irritiert, „ihr

müsst ja schön durstig sein, wenn ihr sechs Flaschen Zuckerbrause braucht. Und Nick, der Aal steht genau vor deiner Nase."

„Was, ach ja", sagte Nick und lachte verlegen, „wie dumm von mir, da kann ich die anderen Sachen ja wieder einräumen."

„Tu das, und bring bloß Frau Bolles Ordnung nicht durcheinander. Das hat sie nämlich nicht gern", riet Bobby und versuchte, so zu tun, als sei er amüsiert über Nicks Blindheit.

Herr Modenia griff sich einen Apfel, schüttelte den Kopf, und während er die Küche verließ, sagte er mehr zu sich selbst als zu den Jungen: „Jetzt muss ich aber nach draußen, Herr Timblicked kann jede Minute mit dem frischen Heu eintreffen."

„Puh", stöhnte Bobby, „das war knapp."

„Ja." Nick war erleichtert, so glimpflich bei der Befragung davongekommen zu sein.

„Müssen wir den ollen Aal jetzt wirklich essen?", fragte er mit verzogenem Gesicht. „Ich mag keinen grünen Aal. Und dieses schleimige Geleezeug auch nicht."

„Im Kühlschrank kann er jedenfalls nicht bleiben", überlegte Bobby stirnrunzelnd. Er machte sich auch nicht viel aus Aal in Gelee. Dann erhellte sich seine Miene: „Oh, Clipper, mein Guter", rief er laut und Sekunden später stürmte Clipper aus seinem Körbchen von der Diele in die Küche.

Nachdem das Proviantproblem gelöst war, blieb den beiden nichts anderes übrig als zu warten, bis das Abendessen vorüber war. Als sie endlich am gedeckten Tisch saßen, fiel es ihnen schwer, ihre Aufregung zu verbergen.

Nick warf mehrmals den Salzstreuer um, und auch Bobby sah man an, dass er mit seinen Gedanken weit weg war. Nachdem Herr Modenia Bobby zum dritten Mal gebeten hatte, ihm die Erbsen zu reichen, erhob er die Stimme: „Bobby, würdest du mir bitte die Erbsen reichen?! Was ist denn heute bloß los mit euch? Erst futtert ihr zum Mittag einen ganzen Aal auf, und jetzt rutscht ihr geistesabwesend auf euren Stühlen hin und her.

„Ach“, schwindelte Bobby, „wir sind noch so satt von dem Aal, und wir waren mitten in einem Kampf gegen den Killerkannibalen Kurt, als Frau Bolle uns zum Essen rief.“

„Genau“, stimmte Nick ihm zu.

„Wenn ihr nichts mehr essen wollt, dann geht ihr besser spielen, bevor Nick den Salzstreuer zum fünften Mal umwirft“, sagte Herr Modenia genervt. Er hatte einen anstrengenden Tag hinter sich und wollte seine Ruhe. Sofort sprangen Nick und Bobby auf und rannten in ihr Zimmer.

Um sicher zu gehen, dass Herr Modenia und Frau Bolle nicht misstrauisch wurden, stellten sie den Fernseher ordentlich laut und machten das Videospiel an. Es war jetzt so laut, dass dessen Melodie unten in der Küche zu hören sein musste. Dann holten sie die im Schrank versteckten Rucksäcke. Nick steckte seine Sonnenbrille doch noch ein, man konnte ja nie wissen, ob die Sonne nicht bald wieder scheinen würde. Schließlich war es Juli und er hatte empfindliche Augen.

Als es an der Zeit war, schulterten sie ihre Rucksäcke. Bobby klemmte sich Clipper unter den Arm und sie stiegen durchs Fenster auf das Hausdach.

Draußen begann es allmählich zu dämmern. Bobbys Zimmer lag über dem von Frau Bolle. Die befand sich noch in der Küche, so dass sich die Jungen nicht sonderlich leise verhalten mussten. Das Schieferdach des Hauses war von dem vielen Regen rutschig. Sie mussten sehr vorsichtig sein, um nicht abzurutschen. Nick gab Bobby seinen Rucksack und kletterte wie eine Spinne auf allen Vieren hinunter bis zur Regenrinne. Von dort hangelte er sich weiter, bis er schließlich an der Rinne hing, und ließ sich das letzte Stück fallen. Er fiel etwas unglücklich und saß dann im feuchten Sand neben der hinteren Veranda.

„So ein Mist“, schimpfte er, „jetzt ist meine gute Hose nass. Und dreckig ist sie auch. Bobby, du musst noch mal ins Zimmer an meinen Koffer ...“

„Nein“, unterbrach Bobby ihn scharf. „Und sei endlich leise, sonst hören sie dich noch“, flüsterte er.

Dann warf er Nick die beiden Rucksäcke zu. Mit Clipper unter dem Arm krabbelte er ebenfalls zur Regenrinne hinunter. Clipper, der ein Gespür für Verbotenes hatte, verhielt sich mucksmäuschenstill. Am unteren Dachrand angekommen, hielt er Clipper am Schwanz fest und ließ ihn vom Dach herunter baumeln. Nick ergriff von unten den Kopf des Krokodils und Bobby ließ Clippers Schwanz los, so dass Clipper in Nicks Arme fiel.

„Alles o.k.“, flüsterte Nick, „ich hab’ ihn. Komm jetzt, bevor uns jemand sieht.“

Bobby sprang gleichfalls vom Dach. Er konnte sich gerade noch so rappeln, dass er nicht wie Nick nach hinten umfiel.

Sie liefen in die Scheune zu dem Wagen von Bobbys Vater und hatten eigentlich gehofft, dass der Känguruhänger noch angekoppelt war. Das war aber nicht der Fall. Bobby runzelte die Stirn und überlegte, was jetzt zu tun sei, während Nick sich bereits an die Arbeit machte.

„Das hab' ich im Campingurlaub schon hundertmal getan", sagte er dabei. „Wir schieben den Hänger vor. Dann wird er eingehakt. Wenn er auf diesem Kugelding aufsitzt, lassen wir ihn mit der Kurbel herunter bis es kracht, und unser Gespann ist fertig."

„Wenn du weißt, wie es geht, kann ich ja schon Little Champ holen", schlug Bobby vor. Aber Nick hatte den leeren Anhänger bereits nach vorne gerollt.

Nachdem Bobby seinen Rucksack ins Auto geworfen hatte, rannte er los. Er hatte sich genau überlegt, welches Känguru er anstelle von Little Champ in den Stall setzen wollte. Mit einem Beutel Kängurunascherein in der Hosentasche rannte er zu der im Norden des Farmhauses gelegenen Koppel.

Dort angekommen, stellte er sich hin und raschelte mit der Tüte. Es dauerte nicht lange, da kam von Ferne fast die gesamte dreißigköpfige Herde angehüpft, denn Kängurus haben ein sehr gutes Gehör. Schnell fand Bobby die Tiere, die er mitnehmen wollte, ein großes Männchen, ein älterer Vetter von Little Champ, und die kleine Nummer 268, deren Fuß wieder vollständig verheilt war.

Er legte dem Männchen eine Leine um den Hals, zog seine Schuhe aus, hängte sie sich um den Hals und setzte sich in den Beutel des kleinen Weibchens. Dann lenkte er es von der Koppel, verschloss das Tor und hüpfte mit dem Männchen im Schlepptau zur Futterkammer. Dort lud er einen halben Sack Kängurufutter in dessen Beutel und machte sich auf den Weg zu Little Champ. Er holte den schläfrig aussehenden Liebling seines Vaters aus dem Stall, griff nach dessen Schuhen, die in einem schön geschnitzten Kästchen neben dem Stall standen, und setzte dessen Cousin in den Stall. Dann machte er sich auf den Rückweg zu Nick.

Mittlerweile war es stockfinster, aber Bobby kannte den Weg genau. Little Champ wunderte sich über den späten Ausflug, war jedoch viel zu gut erzogen, um nicht zu gehorchen. In der Scheune angekommen sah Bobby, wie Nick im Dunkeln aus dem zweiten Hänger ein prall gefülltes Netz mit Heu herauszottelte.

„Können die Kängurus auf den Hänger?“, flüsterte er in die Richtung von Nick.

„Klar“, flüsterte dieser zurück, „kannst sofort anfangen.“

Bobby lud das Kängurufutter auf die Ladefläche des Autos und begann mit dem Verladen der haarigen Reisegenossen.

Beide Kängurus hüpften wie selbstverständlich nacheinander die Rampe hinauf. Drinnen befestigte Bobby ihre Leinen an einer Stange im vorderen Teil des Hängers und klappte die Rampe hoch. Dann sah er sich noch einmal um.

„Haben wir auch nichts vergessen?“, fragte er nachdenklich.

„Ich glaube nicht“, antwortete Nick, der sich ebenfalls noch einmal umsah. „Clipper sitzt schon im Auto. Er ist reingesprungen, als ich meinen Rucksack hineingestellt habe, und weigerte sich, wieder rauszukommen.“

„Och, das ist schon in Ordnung, er ist ganz wild

aufs Autofahren und dachte bestimmt, wir würden ihn hier lassen."

„Also dann", sagte Bobby und bestieg das Auto auf der Fahrerseite. Nick setzte sich neben ihn auf den Beifahrersitz. Clipper lag zwischen ihnen.

„Hast du dir überlegt wie wir fahren wollen?", fragte Nick.

„Nö, ich dachte, das hast du getan?"

„Weswegen hätte ich denn darüber nachdenken sollen, du fährst doch", erklärte Nick beleidigt.

„Deshalb bist du ja auch der Navigator, der mir erklärt, wohin ich fahren soll", erklärte Bobby, „ich muss schließlich auf die Straße achten."

„Na gut", entgegnete Nick, „dann sag mir erst mal die genaue Adresse. Ich muss im Reiseatlas nachschauen, dann werde ich Dir den Weg beschreiben."

„Wir müssen nach Norden", erklärte Bobby. „Und wo im Norden?", hakte Nick nach.

„Wie hieß doch gleich das Nest, von dem Frederik gesprochen hat?", überlegte Bobby.

„Ich hab' kein Gedächtnis für Namen", erklärte Nick und streckte genüsslich seine langen sehnigen Beine aus, „mich brauchst du gar nicht erst zu fragen."

„Das fängt ja gut an", grummelte Bobby, „alles muss ich allein machen."

„Stimmt doch gar nicht" widersprach Nick, dann fügte er hinzu: „Überleg' dir lieber, was wir jetzt machen sollen."

Bobby dachte kurz nach und sagte dann: „Ich muss ins Büro meines Vater und in dem Kaufvertrag, den er mit Frederiks Vater geschlossen hat, nachsehen. Er hat dort sämtliche Adressen seiner Kunden vermerkt."

„Vielleicht ist es am einfachsten, du gehst allein und ich bleibe bei den Kängurus?“, fragte Nick bescheiden.

„In Ordnung“, antwortete Bobby, „du könntest mir ohnehin nicht helfen.“ Dabei war er auch schon aus dem Wagen gestiegen und in der Dunkelheit verschwunden.

Während Bobby nach der Adresse suchte, begann Nick, die Autokarte zu studieren. Wie es aussah, mussten sie zunächst über die Fernstraße in Richtung Westen fahren, um auf die Autobahn zu gelangen. Von dort aus ging es die nächsten zwei, drei Stunden an Canaria vorbei immer geradeaus in Richtung Norden. Dann wurde die Autobahn wieder zu einer Landstraße und Nick sah, dass die Orte entlang ihres Weges im Norden weniger und vor allem immer kleiner wurden. ‚Gut so‘, dachte er sich, ‚desto geringer ist die Wahrscheinlichkeit, dass uns jemand Ärger macht oder ein Polizist Bobbys Führerschein sehen will.‘

Plötzlich hörte er aus der Richtung, in die Bobby verschwunden war, ein metallisches Scheppern und einen unterdrückten Schmerzensschrei. ‚Was war das für ein Lärm‘, überlegte Nick aufgeregt ‚wer hat da geschrieen und wo bleibt Bobby? Ob sein Vater ihn erwischt hat? Eine Ausrede, weshalb er so spät abends noch im Büro seines Vaters herumschlich, würde Bobby bestimmt nicht schnell genug einfallen.‘

Quälend langsam vergingen die nächsten Minuten. Gerade als Nick die Ungewissheit nicht länger ertragen konnte und nachsehen wollte, was geschehen war, öffnete sich die Fahrertür des Autos und Bobby kletterte völlig außer Atem in den Wagen.

„Was ist passiert, was war das für ein Lärm?“, bedrängte Nick ihn sofort.

„Ich habe mir im Dunkeln den Kopf an der Schreibtischlampe gestoßen,“ erklärte Bobby, „da habe ich vor Schreck einen Schritt zur Seite gemacht und mit der Hand den Briefbeschwerer vom Tisch gestoßen. Der ist mir auf den Fuß gefallen. Als ich den Fuß wegzog, ist der Blechpapierkorb umgefallen. Das hat den höllischen Lärm gemacht.“

„Hat dich jemand gehört?“

„Ich meine, ich habe meinen Vater nach Clipper rufen hören. Na ja, vielleicht habe ich mir das auch nur eingebildet. Hier, die Adresse hab’ ich“, sagte Bobby triumphierend und reichte Nick einen Zettel.

„Dann können wir ja endlich losfahren“.

Der Schlüssel vom Wagen steckte wie immer im Zündschloss. Bobby drehte ihn bei getretener Kupplung herum, doch der Wagen machte nur jämmerliche Geräusche und sprang nicht an.

„Wieso springt der verdammte Motor denn nicht an“, schimpfte Bobby wütend drauf los.

„Kann es vielleicht sein, dass das ein Diesel ist“, fragte Nick vorsichtig.

„Ein was?“

„Ein Diesel“, wiederholte Nick.

„Kann schon sein, aber was macht das für einen Unterschied?“, schimpfte Bobby aufgeregt weiter.

„Nun“, erklärte Nick, „wenn es ein Diesel ist, musst du ihn vorglühen. Das habe ich mal in einem Bericht über Autos gelesen.“ Dann erklärte Nick Bobby, wie ein Diesel vorgeglüht wird und der Wagen sprang tatsächlich an.

„War gar nicht so schwer“, freute sich Bobby und

legte nach einigem Hin und Her und ein paar Seufzern des Getriebes den Gang ein, den er für den Ersten hielt. Der Wagen fuhr an.

5. Kapitel: Die Reise nach Norden beginnt

Mit dem Schalten tat sich Bobby eine Weile etwas schwer, aber nachdem sie eine Zeit lang gefahren waren, hörte der Wagen auf zu rütteln. Die Jungen fuhren mit dem schlummernden Clipper in ihrer Mitte schweigend durch die Nacht. Den Weg zur Autobahn in Richtung Canaria kannten Bobby und Nick gut. Es dauerte nicht lange, bis sie zur Autobahn gelangten, dann fuhren sie in Richtung Norden weiter.

„Wie lange müssen wir denn auf dieser Straße bleiben?“, wollte Bobby von Nick wissen. Schließlich musste er ebenfalls über ihre Reiseroute Bescheid wissen.

„Der Karte nach sind es ungefähr tausendvierhundert Kilometer“, schätzte Nick, „aber vorher wird die Autobahn zur Landstraße.“

„Aha, und wie geht es dann weiter?“

„Das wollte ich mir morgen in aller Ruhe überlegen“, antwortete Nick, „wenn es hell ist und ich die genaue Adresse von Basti Bong kenne.“

Damit gab sich Bobby zufrieden, sie würden ohnehin in den nächsten Stunden genug Zeit haben, sich mit dem restlichen Teil ihrer Reiseroute vertraut zu machen.

„Bist du gar nicht müde?“, fragte Nick nach einer Weile.

„Nein“, antwortete Bobby, „überhaupt nicht. Ich finde total verrückt, dass ich gerade Auto fahre. Und dass ich nicht gleich wieder aufhören muss, weil mein Vater noch anderes zu tun hat. Ich wette, wenn ich mal meinen Führerschein mache, brauche ich keine einzige Fahrstunde mehr“, fuhr er begeistert fort.

Er erzählte Nick von seinen ersten Fahrversuchen mit dem Vater auf dem Farmgelände. Der Motor war immer wieder ausgegangen.

Nick hörte geduldig zu und verhielt sich dabei merkwürdig ruhig.

„Jetzt, wo ich dir erklärt habe, wie es geht, könntest du ja nachher auch ein Stück fahren, wenn du Lust hast", schlug Bobby nach einer Weile vor. Aber Nick antwortete ihm nicht. Bobby, der die ganze Zeit vorbildlich geradeaus auf die Straße geblickt hatte, warf einen Blick zur Seite. Nicks Kopf war nach rechts zur Seite gekippt und lehnte an der Fensterscheibe des Wagens. Die Augen hatte er geschlossen. Clipper hatte sich dicht an ihn gekuschelt und den Kopf auf Nicks Schoß gelegt. Seine dunklen Krokodilaugen waren ebenfalls geschlossen. Das schlafende Krokodil sah völlig unschuldig aus. Jetzt hörte Bobby auch ein leises Schnarchen. Er konnte aber nicht sagen, wer von beiden da schnarchte.

Bobby schaltete das Autoradio ein und genoss die Fahrt durch die Finsternis. Es begann wieder zu regnen. Zuerst war es nur ein leichter Nieselregen, aber es dauerte nicht lange und der Regen wurde dichter und dichter. Die Tropfen, die auf das Autodach klatschten, waren riesig. Es kamen ihnen nur sehr wenige Autos entgegen. Auch in ihre Richtung war zu so später Stunde kaum jemand unterwegs. Die Leute, die in Canaria arbeiteten, aber nicht in der Stadt wohnten, hatten schon vor Stunden Feierabend gehabt und waren längst zu Hause.

Bobby konnte kaum glauben, dass sie ihren Plan wirklich in die Tat umgesetzt hatten. Er brachte jetzt tatsächlich gemeinsam mit Nick Little Champ zu

Basti Bong. Was würde sein Vater sagen, wenn Basti ein Turnier mit Little Champ gewinnen würde? „Es muss ja nicht gleich Daitona sein", dachte er sich, „ein kleinerer Wettkampf wäre fürs Erste auch in Ordnung." Schließlich mussten sich Basti Bong und Little Champ erst einmal aneinander gewöhnen.

Er wusste, dass sein Vater furchtbar wütend sein würde, weil sie von zu Hause ausgerissen waren und noch dazu ohne seine Erlaubnis den Wagen und Little Champ genommen hatten. Bobby hatte keinen Führerschein und war viel zu jung zum Autofahren. Falls ihn die Polizei erwischte, konnte er in ernsthafte Schwierigkeiten geraten. Aber Vance Modenia würde bestimmt nicht mehr sauer sein, wenn sie es schafften, Basti Bong und Little Champ zusammenzubringen. Dafür war der Vater einfach zu stolz auf sein Superkänguru, und das war Bobby den ganzen Ärger wert.

Als Nick am nächsten Morgen erwachte, war es schon hell. Es goss immer noch wie aus Eimern. Einen Moment lang wunderte sich Nick, weshalb er nicht in dem knarrenden Gästebett in Bobbys Zimmer lag. Verstört rieb er sich den steifen Nacken. Dann fiel ihm schlagartig wieder alles ein: Sie waren ja auf dem Weg zu Basti Bong!

Aber irgendetwas stimmte nicht. Immer noch verschlafen, überlegte er, was es war, das er so seltsam fand. Plötzlich wusste er es: Das sanfte Schaukeln und das Motorengeräusch des alten Wagens, das ihn am letzten Abend so schnell hatte einschlafen lassen, hatten aufgehört. Der Motor war aus und der Wagen stand still. Entsetzt öffnete er die Augen. Rasch blickte er zum Fahrersitz hinüber und stellte mit Schrecken fest, dass Bobby dort nicht mehr saß.

Stattdessen lag Clipper, mit dem Bauch nach oben und den Schwanz eng an seinen grünen Körper geschmiegt, auf dem Platz, auf dem Bobby gesessen hatte, bevor Nick eingeschlafen war. Die Zunge hing dem kleinen Krokodil aus dem halb geöffneten Maul, und es hatte mit seiner Spucke einen dicken Wasserfleck auf den Sitz gesabbert.

„Ein Glück, dass ich nicht fahren muss“, dachte er kurz, als er den Fleck sah. Dann schaute er besorgt nach draußen und wunderte sich, wo Bobby stecken konnte, und vor allem, weshalb sie gehalten hatten. Stimmte womöglich irgendetwas mit dem Wagen nicht, oder war ihnen der Kraftstoff ausgegangen? Beunruhigt schaute Nick aus dem Fenster. Viel konnte er durch den dichten Regen ja nicht erkennen. Hinzu kam, dass die Scheiben des Wagens von innen beschlagen waren. Nick nahm den Ärmel seines Pullovers und wischte ein Stück der Frontscheibe trocken. Schemenhaft konnte er in einiger Entfernung die Autobahn erkennen. Auf der befanden sie sich also nicht mehr. Dann erkannte er neben sich einen schweren Sattelschlepper. Der stand ebenfalls. Sie mussten sich auf einer Autobahnraststätte befinden.

Nachdem er das geklärt hatte, wusste er noch immer nicht, wo Bobby steckte. Er beschloss, nicht länger untätig herumzusitzen sondern seinen Freund zu suchen. Bevor er den Truck verließ, griff er noch eilig in seinen Rucksack und holte einen Kamm hervor, um sich die Haare zu kämmen. Schließlich wusste man ja nie, wer einem über den Weg laufen würde. Der Größe von Clippers Sabberfleck nach zu urteilen, musste Bobby schon eine Weile fort sein.

Nick piekste Clipper mit dem Finger vorsichtig in den weichen hellgrünen Bauch.

„He, alter Junge, wir müssen aufstehen", sagte er zu dem Krokodil, das sich schläfrig auf den Bauch rollte und überhaupt nicht daran dachte, aufzustehen. „Nun komm schon Clipper", bat Nick ihn inständig. „Wir müssen Bobby finden und dann gibt es Frühstück."

Bei dem Wort „Frühstück" zuckte es merklich hinter den geschlossenen Augenliedern von Clipper. Das Krokodil öffnete die Augen, gähnte Nick schläfrig an, erhob sich langsam, streckte sich ausgiebig vom Kopf bis zum Schwanz und drehte sich dann gemütlich in Nicks Richtung.

„So ist es brav", freute der sich. Er war insgeheim froh darüber, nicht allein nach Bobby suchen zu müssen.

Er öffnete die Tür und stieg aus dem Wagen. Clipper sprang vom Beifahrersitz auf den Fußboden und dann nach draußen. Die Luft war angenehm kühl, aber sie mussten sich mit ihrer Suche beeilen, wenn sie nicht pitschnass werden wollten.

„Such dein Herrchen", forderte Nick Clipper auf. „Wo ist Bobby? Such ihn, schnell!"

Clipper ging nur wenige Schritte in Richtung Anhänger. Dann hielt er vor einer halb geöffneten Klappe, wackelte mit dem Schwanz und sah Nick mit großen Krokodilsaugen an.

„Du meinst, er ist da drin?", fragte Nick das Krokodil skeptisch. „Was sollte er denn am frühen Morgen bei den Kängurus machen?" Trotzdem öffnete er die Klappe vollständig. Sie war gerade groß genug, dass ein Mensch hindurch passte.

Er kletterte in den Anhänger und seufzte erleichtert auf. Bobby lag bei den Kängurus im Stroh und schlief friedlich. Das Kängurumädchen lag neben dem schlafenden Jungen und hatte ebenfalls die Augen fest geschlossen. Ab und zu bewegten sich ihr linker Hinterfuß und ihr Schwanz. Es sah aus, als würde sie träumen. Little Champ dagegen saß am hinteren Ende des Anhängers und sah Nick neugierig an. Dann hüpfte er vorsichtig an den Schlafenden vorbei und beschnüffelte mit seiner langen Kängurunase Nicks frisch gekämmte Haare.

„Er wird wohl müde geworden sein, hat hier angehalten und sich zum Schlafen zu den Kängurus gelegt", überlegte Nick. „Na ja, ein paar Minuten lasse ich ihn noch ausruhen, dann müssen wir weiter."

Er kletterte aus dem Anhänger, lief wegen des Regens eilig zurück in den Truck und griff nach Bobbys Rucksack. Dort waren ihre Lebensmittel verstaut, in Nicks Sack hatten sie keinen Platz mehr dafür gehabt. „Außerdem ist es einfacher, wenn man die Esssachen alle bei einander hat", hatte er Bobby am Vortag erklärt.

Die Nanobutter verteilte sich gleichmäßig auf zwei Scheiben Brot, Nick belegte sie anschließend großzügig mit geräuchertem Schwertfisch. Dann holte er eine Flasche Zuckerbrause heraus und fand auch eine Büchse Futter für Clipper. „Funky Krok" stand auf dem Etikett.

„Alles, was Ihr Krokodil zum Herumtollen braucht", las Nick, „mit feinem Antilopenfleisch in hausgemachter Tunke. Na, lecker!" Nick rümpfte die Nase, als er die Dose öffnete und der typische Geruch von Dosenfutter aufstieg. Clipper hatte gegen den Geruch von „Funky Krok" nichts einzuwenden und machte sich gierig über die Mahlzeit her, sobald Nick ihm das Futter in einer Schüssel auf die Straße gestellt hatte.

Als er sich die Zähne bürstete, stellte Nick mit Entsetzen fest, dass er kein Wasser zum Ausspülen hatte. Da ihm nichts Besseres einfiel, spülte er sich den Mund mit der Brause aus und dachte dabei an seinen Zahnarzt Dr. Rösli. Dem würde diese Art der Zahnpflege garantiert nicht gefallen.

Anschließend kletterte Nick in den Anhänger zurück und weckte Bobby.

„He, wir müssen weiterfahren“, sagte er und rüttelte Bobby dabei an der Schulter.

„Was wollen sie von mir?“, rief Bobby aufgeregt, „ich bin doch gar nicht gefahren, das müssen sie mir glauben ...“ Dann riss er die Augen auf, und als er Nick sah, entspannte er sich. „Ach, du bist es nur“, murmelte er leicht beschämt, „ich hab gerade geträumt, dass Wachtmeister Klöppelpieper hinter mir her ist. Du weißt doch, das ist der, der immer meckert, wenn ich Clipper in Beckus nicht an die Leine nehme.“

„Ja, ja, ich weiß, wen du meinst“, antwortete Nick ungeduldig, „aber steh jetzt auf, wir müssen weiter. Ich habe schon alles vorbereitet“, drängelte er.

„Du hast recht“, stimmte Bobby ihm zu, während er langsam aufstand und sich das Stroh von den Kleidern und aus den Haaren schüttelte.

Wenig später befanden sich Nick, Bobby und Clipper wieder im Innern des Trucks. Es war sechs Uhr früh und ihre Fahrt ging weiter. Beim Anfahren hatte der Wagen wieder mal einige Sprünge gemacht, weil Bobby immer noch Probleme mit dem Schaltgetriebe hatte. Aber als sie ihre Reisegeschwindigkeit erreicht hatten und Bobby nicht mehr zu schalten brauchte, ging ihre Fahrt ohne Zwischenhüpfer weiter.

Bobby erzählte Nick von der vergangenen Nacht: „Du bist gestern Abend ganz schön früh eingeschlafen, es kann nicht viel später als halb elf gewesen sein“ fing er an. „Clipper hat ebenfalls geschlafen. Ihr habt beide ganz schön laut geschnarcht“, übertrieb er. „Ich fand's irre gemütlich, mit dem prasselnden Regen auf dem Autodach und euch zwei Schlafmützen neben mir. Ich hatte das Gefühl ganz Quilong wäre nur für mich allein da. Es gab nur mich, das Auto und die Straße, genau wie im Fernsehen. Ich war hellwach und habe im Radio Musik gehört. Es war einfach toll.“

„Bis halb vier bin ich gefahren, dann habe ich getankt. Ich habe auch gleich den Wassertank für die Kängurus gefüllt“, fuhr er fort.

„Hat der Tankwart sich nicht gewundert, dass du noch so jung bist und trotzdem schon Auto fährst?“, wollte Nick wissen.

„Nö, hat er nicht“, sagte Bobby betont lässig, als wäre es normal, dass vierzehnjährige Jungen nachts Auto fuhren und tankten. „Der Mann war mindestens hundert Jahre alt und konnte kaum noch was sehen. Ich habe ihm erzählt, ich wäre Atomphysiker und sei auf dem Nachhauseweg von einem wichtigen Kongress in Canaria.“

„Und er hat dir geglaubt?“, fragte Nick ungläubig.

„Wieso denn nicht?“, lachte Bobby, „ich habe ihm dann noch erklärt, dass bald meine neue Erfindung, der atomar betriebene Dosenöffner auf den Markt kommt. Da war er ganz beeindruckt und meinte, es sei längst an der Zeit gewesen, dass jemand mal was Praktisches erfindet.“

Die beiden amüsierten sich noch eine Weile über den halbblinden alten Tankwart, dann fuhr Bobby in seinem Bericht fort: „Nach dem Tanken bin ich etwa eine halbe Stunde weitergefahren. Dann war ich aber auch müde. Ich habe am nächsten Rastplatz angehalten und mich zu den Kängurus gelegt. So hab' ich auf die Kängurus aufgepasst und Clipper und du, ihr habt vorne den Wagen bewacht.

„Also, dass du auf die Kängurus aufgepasst hast, kann man ja wohl nicht behaupten“, erwiderte Nick trocken, „du hast nämlich fest geschlafen. Du wärst nicht mal aufgewacht, wenn Little Champ und das Weibchen auf dir Tango getanzt hätten. Man hätte euch alle drei stehlen können, und du hättest es nicht bemerkt“.

Nach einer Weile fügte er hinzu: „Übrigens finde ich es blöd, dass wir ein namenloses Känguru zu Basti Bong bringen. Wie hört sich das denn an, wenn wir Herrn Bong gegenüber stehen und ihm dann sagen müssen, dass das Weibchen Nummer 618 oder so was heißt.“

„268“, korrigierte ihn Bobby, „und was den Namen angeht, stimme ich dir zu, es könnte jetzt wirklich langsam einen bekommen.“

Die Autobahn war inzwischen längst zur Landstraße geworden. Der Regen ließ nicht nach und während sie so dahin fuhren, überlegten sie hin und her. Aber es fiel ihnen kein passender Name für das nette Weibchen mit den großen Ohren ein.

„Wie geht's denn eigentlich weiter, wenn wir von der Landstraße runterfahren?“, wollte Bobby irgendwann wissen.

„Ich habe keine Ahnung“, antwortete Nick. „Ich hab' jetzt auch keine Lust nachzusehen, das können wir nachher machen. Es dauert noch eine Weile, bis wir von der Straße abfahren. Vorher kommt auf alle Fälle eine große Brücke, die wir überqueren müssen. Sie führt über den Schwarzen Fluss.“

„Ist gut“, antwortete Bobby, der fand, dass Nick eigentlich recht hatte, was das Nachsehen auf der Karte betraf. Sie hatten noch viel Zeit, es war gerade erst Mittag.

Als sie die erste Flasche Brause ausgetrunken hatten, begann Bobby unruhig auf seinem Sitz hin und her zu rutschen: „Mir ist, als hätte ich eingemacht. Meine Hose fühlt sich so komisch feucht an."

Dann griff er sich mit der Hand an die Hose und stellte überrascht fest, dass sie tatsächlich nass war.

„Hm", überlegte er sichtlich verwundert, „vielleicht hab' ich vor Aufregung wegen des Autofahrens und wegen Basti Bong so sehr geschwitzt? Kann man denn so sehr schwitzen, ohne es zu bemerken?"

„Sicher", stimmte Nick ihm sofort eifrig zu. „Vielleicht ist ja auch das Wagendach auf deiner Seite undicht", meinte er. Nick hatte vergessen, Bobby von Clippers Sabberfleck zu erzählen, und jetzt, da die Hose bereits nass war, brauchte Bobby den wahren Grund auch nicht mehr zu erfahren, fand er.

Während sie einen leichten Abhang hinunterfuhren, machten sich die Jungen und Clipper über einen Beutel getrocknete Biberpfötchen her. Da Biber einen schuppigen Schwanz haben und sich häufig im Wasser aufhalten, wurden sie von den Quilongern den Fischen zugeteilt, und konnten so von ihnen gegessen werden. Völlig unerwartet trat Bobby nach dem Verlassen einer Rechtskurve plötzlich auf die Bremse. Der Wagen mit dem schweren Anhänger rutschte noch ein gutes Stück vorwärts und blieb dann mit tuckerndem Motor stehen. Die Straße war verschwunden. Die Jungen starrten in einen gewaltigen, braunen Fluss, auf dem allerlei Gegenstände trieben.

„Was ist das denn?", fragte Bobby schockiert. Nick war sprachlos. Stumm schaute er auf die gewaltigen Wassermassen, die vor ihnen lagen. In weiter Ferne konnte man durch den dichten Regen hindurch das andere Ufer des Stroms erkennen. Clipper war bei der Vollbremsung vom Sitz gefallen und begann völlig unbeeindruckt die heruntergefallenen Biberpfötchen vom Fußboden zu lecken.

Nick griff nach der Karte.

„Sind wir vielleicht aus Versehen von der Landstraße abgefahren?“ wollte er von Bobby wissen.

„Nein, auf keinen Fall, das hätte ich gemerkt. Der letzte Ort, an dem wir vorbei gefahren sind, hieß Calafia. Das habe ich mir gemerkt, weil es so ähnlich wie Canaria klingt. Das war vor ungefähr einer Stunde.“

Nick starrte in die Landkarte.

„Ah ja, Calafia, das hab' ich.“ Er hielt kurz inne. „Dann muss das da der Schwarze Fluss sein.“

„Ja, aber wo ist denn die Brücke, von der du vorhin gesprochen hast?“, fragte Bobby irritiert. Er war zwar erleichtert, dass sie sich nicht verfahren hatten, aber die ungewöhnliche Lage, in der sie sich befanden, beunruhigte ihn sehr.

„Das verstehe ich auch nicht“, antwortete Nick, „laut Karte müsste die Straße an dieser Stelle über den Fluss hinweg führen.“

„Aber wo ist sie denn? Eine Brücke, die lang genug ist, um uns über diesen breiten Fluss zu bringen, können wir nicht übersehen“, sagte Bobby mit Nachdruck. „Gib' mir mal die Karte, bestimmt hältst du sie nur verkehrt herum.“ Nick reichte Bobby den Reiseatlas, der ihn stirnrunzelnd studierte. Er selbst blickte nachdenklich auf den gewaltigen Strom.

„Ich glaube, ich weiß, was hier nicht stimmt“ sagte er dann.

„Du weißt es?“, fragte Bobby erstaunt und ließ die Karte sinken.

„Ja“, antwortete Nick mit fester Stimme: „Wir sind

richtig gefahren, und der einzige Fluss, der zwischen uns und dem nächsten Ort liegt, ist der Schwarze Fluss. Uns ist doch in letzter Zeit kein Auto mehr entgegen gekommen, und überholt hat uns auch seit Stunden keiner.“

„Das ist richtig“, stimmte Bobby ihm zu.

„Dann kann das nur bedeuten, dass die Brücke nicht mehr da ist. Ich glaube, im Westen kommt der Schwarze Fluss von einem mächtigen Gebirge. Ich meine, wir haben darüber mal was im Geographieunterricht gehört.“

„Da war ich krank“, unterbrach ihn Bobby.

„Nun halt doch den Schnabel und hör dir meine Theorie zu Ende an“, schimpfte Nick. Dann fuhr er fort: „Es hat in den letzten Tagen so viel geregnet, dass der Fluss über die Ufer getreten ist und die Brücke weggespült hat. Oder die Brücke ist zwar noch da, aber irgendwo da vor uns vom Wasser überflutet“

„Du hast recht“, stimmte Bobby ihm verblüfft zu, „deshalb endet die Straße auch ohne Warnschild direkt im Wasser.“

„Genau.“

Ratlos sahen sich die beiden an. Was sollten sie bloß tun? Wenn sie zu Basti Bong wollten, mussten sie den Fluss überqueren, es gab keine andere Möglichkeit. Der Schwarze Fluss entsprang in einem mächtigen Gebirge im Nordwesten von Quilong. Er floss quer durch den gesamten Kontinent und mündete schließlich im Osten in den Ozean. Der Fluss teilte den Kontinent praktisch in zwei Teile. Irgendwie musste es ihnen also gelingen, ans andere Ufer zu kommen.

6. Kapitel: Die verlassene Seniorenresidenz Althagenstein

Nachdem Bobby und Nick sich von ihrem Schrecken erholt hatten, einigten sie sich dahingehend, dass viele Wege zu Basti Bong führten. Möglicherweise hatte die weiter östlich gelegene Brücke über den Schwarzen Fluss, die sie auf der Landkarte entdeckt hatten, die Flut überstanden. So kehrten sie um, fuhren den Weg, den sie gekommen waren, ein Stück zurück und nahmen die erste sich bietende Gelegenheit wahr, um auf eine Strasse abzubiegen, die nach Osten führte.

Der Norden Quilongs ist nur dünn besiedelt und im nordöstlichen Teil leben kaum noch Menschen. Einen einleuchtenden Grund dafür gibt es nicht. Je weiter sie nach Nordosten kamen, desto hügeliger wurde die Gegend. Das flache Grasland, das sie auf weiten Teilen ihrer Fahrt gesehen hatten, wurde von Mischwäldern abgelöst. Hin und wieder fuhren sie an größeren und kleineren Seen vorbei. Es hatte aufgehört zu regnen und der Himmel hatte sich etwas aufgehellt.

Mittlerweile war es später Nachmittag. Bobby und Nick wurden allmählich wieder guter Dinge, weil ihre Mission doch noch Aussicht auf Erfolg hatte. Von der Straße aus konnten sie manchmal in der Ferne den Fluss zu ihrer Linken erkennen, wenn sie gerade über einen Hügel fuhren. Nick hatte die Landkarte aus der Hand gelegt. Sie drehten das Autoradio auf volle Lautstärke und sangen einige Lieder lauthals mit. Das Lenkrad wurde als Trommel benutzt, die Zahnpastatube war Nicks Mikrofon.

Nach der Karte sollte auf der Straße, die sie gerade befuhren, bald eine Ortschaft namens Neuhagenstein kommen. Am Ende dieses Ortes machte die Straße laut Karte einen Bogen und führte nach Norden über den Fluss.

Nachdem sie über eine Stunde gefahren waren und die Brücke noch immer nicht erreicht hatten, wurde Bobby allmählich unruhig. Seit Stunden war ihnen niemand mehr entgegengekommen. Die Gegend war menschenleer. Sie hatten, nachdem sie von der größeren Straße abgebogen waren, keine Ortschaften mehr gesehen, nicht einmal ein einsames Hotel oder eine Tankstelle.

„Wann sind wir denn endlich in diesem Neuhagenstein?“, wollte Bobby wissen.

„Och, es kann nicht mehr lange dauern“, versicherte Nick, der sich ihren Weg auf der Karte genau eingeprägt hatte.

„Solange gelegentlich der Fluss zu sehen ist, sind wir richtig.“

„Aber wir fahren auf dieser Straße schon mindestens seit anderthalb Stunden. Das sah auf der Karte doch gar nicht so weit aus.“

„Was soll ich denn sagen?“, seufzte Nick und zuckte mit den Achseln. „Wir werden Neuhagenstein bestimmt bald erreichen.“ Besorgt sah er aus dem Fenster und dann noch einmal auf die Karte.

Die Straße führte jetzt bergan und sie fuhren einen mittelgroßen Berg hinauf. Oben angekommen hielt Bobby den Wagen an. Es bot sich ihnen ein wunderschöner Blick über die waldige Landschaft ringsum. Links konnten sie in einiger Entfernung immer noch den Fluss erkennen. Aber vor ihnen lag nur dichter grüner Wald. Eine Ortschaft war weit und breit nicht zu sehen.

„Von hier oben müssten wir dieses blöde Dorf doch sehen können, oder nicht?“

„Eigentlich schon“, stimmte Nick ihm zu.

„Und – wieso sehen wir es dann nicht?“, schimpfte Bobby aufgeregt.

„Woher, bitte schön, soll ich das wissen?“, fauchte Nick, der ebenfalls genervt war, zurück. Schließlich konnte er nichts dafür, dass vor ihnen kein Dorf zu sehen war.

Beide schwiegen einen Moment, dann stieg Bobby aus dem Auto.

Die Luft draußen war warm und klar und es roch nach feuchtem Laub. Bobby atmete tief ein. Er mochte die feuchte Luft und den Geruch der Bäume, und allmählich beruhigte er sich wieder.

„Ich werde eben mal kurz nach den Kängurus sehen und sie füttern“, sagte er zu Nick. Clipper sprang auf und folgte ihm nach draußen. Er raste in den Wald und war sofort zwischen den Bäumen verschwunden.

„Was hat der denn?“, wollte Nick wissen, der jetzt auch ausgestiegen war, um sich die Beine zu vertreten.

„Och, ich nehme an, der musste vielleicht ganz dringend mal wohin“, rief Bobby aus dem Anhänger.

„Das sah mir aber sehr dringend aus. Wie geht es den Kängurus?“

„Denen geht es gut, ich glaube nur, sie fangen an, sich zu langweilen.“

„Sollten wir sie vielleicht aus dem Anhänger holen, damit sie sich etwas bewegen können?“, fragte Nick.

„Das würde ihnen sicher gefallen, aber ich glaube, es ist besser, sie drin zu lassen. Sie kennen die Gegend hier nicht, und wenn sie sich erschrecken und weghüpfen, dann finden wir sie nie wieder. Und dann würden wir richtig Ärger bekommen“, antwortete Bobby und meinte es ganz ernst. „Wenn mein Vater diesen Schock überleben sollte, würde er ganz fürchterlich toben und uns lebenslangen Küchendienst aufbrummen.“

Nick stieg zu Bobby in den Anhänger. Sie streichelten die Kängurus, während die sich über ihr Futter hermachten.

„Was machen wir denn jetzt?“, fragte Nick nach einer Weile. „Wir sind ganz sicher falsch gefahren. Sonst hätten wir Neuhagenstein längst sehen müssen.“

„Ja, ich glaube, du hast recht“, stimmte Bobby ihm zu. „Wir sollten zurückfahren und sehen, ob wir von der großen Straße aus den falschen Weg eingeschlagen haben.“

„O.k., dann lass uns gleich losfahren. Es wird bald dunkel. Bis dahin sollten wir den richtigen Weg besser gefunden haben.“

Sie verließen den Anhänger und Bobby rief nach Clipper. Aber der tauchte nicht wieder auf. Er rief wieder und wieder, doch Clipper blieb verschwunden. Der Wald schien ihn verschluckt zu haben.

„Wo steckt er denn nur?“, fragte Nick nervös. „Jetzt fängt es auch schon an, dämmerig zu werden“, jammerte er.

„Ach was, das bildest du dir nur ein“, versuchte Bobby seinen Freund zu beruhigen. „Clipper wird sicher gleich wiederkommen.“

„Sollten wir ihn nicht besser suchen?“

„Nein, das ist nicht nötig. Wir würden ihn ohnehin nicht finden, ein grünes Krokodil in einem grünen Wald ist praktisch unsichtbar, wenn es sich nicht bewegt. Das ist so eine Art Krokodil-Mimikry. Mögliche Raubtiere können ihn so nicht von einer Moosflechte unterscheiden", erklärte Bobby. Er hatte viel über Minikrokodile gelesen, als er Clipper bekommen hatte.

„Und du bist dir sicher, dass er allein zu uns zurückfindet?", fragte Nick, den Bobbys Erklärung nicht überzeugte.

„Er findet uns ganz bestimmt", versicherte ihm Bobby. „Clipper ist zwar nicht der Hellste, aber verlaufen hat der sich noch nie."

„Dann warten wir also einfach?"

„Ja", antwortete Bobby, „etwas anderes wird uns nicht übrig bleiben. Er bleibt eigentlich nie lange weg."

Irgendetwas mussten sie tun. So beschlossen sie, ihr Abendbrot vorzubereiten. Nachdem sie sich ihre Brote geschmiert hatten, öffneten sie eine Konservendose mit Hecht in Fenchelsoße und begannen zu essen. Während er ein großes Stück von seinem Brot abbiss, kam Nick eine Idee.

„Können wir Clipper nicht mit seinem stinkenden Dosenfutter anlocken? Wenn wir ihm etwas davon in seinen Napf füllen, dann riecht er das vielleicht und kommt zurück."

„Gute Idee", stimmte Bobby ihm zu, stand auf und kramte in seinem Rucksack nach dem Krokodilfutter. „Ich werde eine Dose mit Schnabeltiergeschmack aufmachen, die hat er besonders gern", sagte er und öffnete eine der Dosen.

Nachdem sie Clippers Essen bereitgestellt hatten, dauerte es wirklich nicht mehr lange, bis das Krokodil raschelnd aus einem Busch gekrabbelt kam. Er hinterließ auf dem Weg zu seiner Schüssel nasse, morastige Fußtapsen.

„Ihh“, rief Nick, „der ist ja ganz nass. Und er riecht ganz ekelhaft.“

Dabei trat er angewidert einen Schritt zurück. In der Tat roch Clipper etwas streng.

„Er muss in einem dreckigen alten Tümpel geschwommen sein“, überlegte Bobby, „sonst würde er nicht so faulig riechen.“

Bobby stand auf, ließ aus dem mitgenommenen Wasserkanister Wasser in eine leere Brauseflasche laufen und spülte damit Clipper ab, während der noch fraß. Nach dem Abendbrot packten sie ihre Sachen zusammen, bestiegen den Wagen und machten sich zurück auf den Weg, den sie gekommen waren.

Mittlerweile begann es zu dämmern.

„Es wird heute aber früh dunkel“, stellte Nick mit besorgter Miene fest. „Kein Wunder, es ist ja auch schon halb acht.“

Bobby musste die Scheinwerfer des Autos anstellen. Sie überlegten noch einmal, ab welcher Stelle sie falsch gefahren sein mussten und steckten die Nasen in den Autoatlas. Dabei achteten sie nicht mehr so genau auf ihren Weg. Ohne dass sie es bemerkten, gabelte sich vor ihnen die Straße. Bobby fuhr nach links, obwohl sie zuvor von rechts gekommen waren. Auch Nick fiel die Gabelung nicht auf, und weil es zunehmend dunkler wurde, bemerkten sie nicht, dass der Fluss, der rechts von ihnen gelegen hatte nicht mehr zu sehen war.

Sie fuhren nun schon geschlagene zwei Stunden, ohne die Hauptstraße erreicht zu haben.

„Das gibt's doch gar nicht", stellte Bobby irgendwann fest. „Wir müssten längst wieder bei der großen Straße sein. Wir sind doch vorhin nicht so lange gefahren."

„Ja", stimmte Nick ihm besorgt zu. „Was sollen wir denn jetzt tun?"

„Es ist echt blöd, dass hier keine Menschenseele wohnt. Niemanden kann man nach dem Weg fragen."

Nick war ratlos: „Sollen wir denn einfach immer weiter geradeaus fahren? Wir sind ganz bestimmt nicht mehr auf dem richtigen Weg. Und wir haben keine Ahnung, wo wir sind."

„Aber so in der Mitte von nirgendwo anhalten möchte ich auch nicht", erwiderte Bobby. „Gerade neulich habe ich abends einen Bericht im Fernsehen gesehen von gefährlichen Räuberbanden, die sich im Dickicht verstecken und Reisenden auflauern, um sie auszurauben."

„Unsinn, die gibt es auf Quilong doch gar nicht mehr" antwortete Nick.

„Aber in dem Bericht haben sie gesagt, dass ganz im Südosten von Quilong, in den Sümpfen, immer noch Räuber leben, die Leute ermorden und ihren Opfern alles wegnehmen, was die bei sich haben", erwiderte Bobby trotzig.

„Ja, schon", räumte Nick ein, „aber dort leben die Menschen auch noch in Höhlen und ernähren sich von Grashüpfern. Außerdem ist das weit weg. Die Räuber müssten schon ein paar Wochen zu Fuß gehen, um uns hier auszurauben. Ich meine, wir sollten uns einen Platz zum Übernachten suchen, den Wagen abstellen und schlafen."

Bobby wusste, dass Nick, was die Räuber anging, wahrscheinlich recht hatte. Trotzdem wollte er noch nicht anhalten. Er hoffte immer noch, jeden Moment die große Straße wiederzufinden.

Sie fuhren um eine Kurve und sahen plötzlich ein unheimliches, verfallenes, altes Gemäuer neben der Straße, das sich trotz der Dunkelheit schemenhaft von den Schatten der umliegenden Bäume abhob. Das Haus war völlig verwahrlost, das Dach fehlte, die Fensterscheiben waren zerbrochen und bis zur Regenrinne war das Gebäude mit Efeu bewachsen.

„Da wohnt wohl niemand mehr, den wir fragen können", bemerkte Bobby nervös. Er trat auf das Gaspedal um schnell von der Ruine wegzukommen.

„Sieh doch mal", rief Nick nach einer Weile plötzlich, „da steht ein Schild. Fahr mal langsamer, damit ich lesen kann, wie dieser Ort heißt."

Bobby bremste und hielt vor dem Ortsschild an.

Das einstmals blaue Metallschild war verrostet, mit Moos überwachsen und die Schrift darauf war kaum noch zu lesen. Entlang der Straße konnte man in einiger Entfernung im Scheinwerferlicht weitere Gebäude in der Dunkelheit erahnen. Lichter brannten keine.

„Das Schild könnte ruhig mal wieder sauber gemacht werden", beschwerte sich Nick, der vergeblich versuchte, den Namen der Stadt zu entziffern.

Bobby stieg, nachdem er sich gründlich umgesehen und keine Räuber entdeckt hatte, aus dem Wagen und besah sich das alte Schild genauer. Es war auch von Nahem unmöglich, darauf etwas zu entziffern.

Dann kam ihm eine Idee. Er ging zurück zum Wagen und holte sich das Messer, mit dem er kurz zuvor seinen Hecht geschmiert hatte. Mit dem Messer kratzte er vorsichtig das Moos von dem Schild, und nach einer Weile konnten sie in verblichenen Buchstaben den Namen „Althagenstein" lesen.

Nick wunderte sich: „Althagenstein? Eigentlich wollten wir doch nach Neuhagenstein fahren. Und das sollte ganz woanders liegen. Althagenstein habe ich auf der Karte gar nicht gesehen."

Er starrte in die Autokarte. „Komisch", sagte er dann, „ich kann diesen Ort nirgends finden. Ich habe in einem Umkreis von zweihundert Kilometern gesucht, aber Althagenstein gibt es nicht."

„Lass mal sehen", erwiderte Bobby und schaute nun ebenfalls in die Karte. Auch er konnte Althagenstein nicht finden.

„Es wird wohl am besten sein, wir fahren in den Ort hinein und suchen nach jemandem, den wir nach dem Weg fragen können", schlug Nick vor. „Ich weiß nicht", antwortete Bobby zögerlich, „mir kommt das alles sehr merkwürdig vor: Diesen Ort gibt es laut Karte überhaupt nicht. Am Ortseingang steht das gruseligste alte Haus, das ich je gesehen habe. Und dann dieses verrottete alte Schild! Hier stimmt doch was nicht."

Er sprach nicht weiter, schließlich wollte er vor Nick nicht wie ein Feigling dastehen, dachte aber bei sich, dass dieser Ort ein ideales Versteck für Räuberbanden wäre.

Sie kletterten zurück in den Wagen und fuhren langsam durch Althagenstein hindurch. Der Ort schien schon vor Jahren von seinen Bewohnern verlassen worden zu sein. Nirgendwo brannte ein Licht oder eine Laterne, die Häuser waren dunkel und verfallen. In den Vorgärten und entlang der Straße wucherte das Unkraut und nirgendwo gab es ein Zeichen menschlichen Lebens.

„Wieso wohnt hier denn bloß niemand mehr?", wunderte sich Bobby.

„Keine Ahnung" antwortete Nick, „die Gegend ist

doch eigentlich ganz schön, mit den Bergen und den vielen Bäumen, meine ich. Vielleicht ist hier ja mal eine Seuche oder so was ausgebrochen, und die Einwohner der Stadt sind alle gestorben."

„Davon hätten wir bestimmt etwas mitbekommen", erwiderte Bobby „so was hätte doch in der Zeitung gestanden." Dann hielt er kurz inne und sprach etwas leiser weiter: „Es sei denn, es hat niemand gemerkt, dass hier alle tot sind, und die Leichen liegen seitdem in den Häusern." Dabei lief ihm ein eiskalter Schauer über den Rücken und obwohl es noch angenehm warm war, bekam er eine Gänsehaut.

Auch Nick wurde das Ganze jetzt allmählich unheimlich. Unruhig starrte er in die Dunkelheit. Sie fuhren an einem hohen schmiedeeisernen Zaun entlang.

„Irgend jemand hätte bestimmt seinen Onkel oder seine Oma vermisst, und dann hätte man die anderen Toten auch gefunden", versuchte er sich selbst davon zu überzeugen, dass in den alten Häusern keine Leichen lagen.

„Du hast recht", stimmte Bobby ihm zögerlich zu, „es gibt auch kein einziges Auto hier, und wenn die Leute gestorben wären, dann hätten sie ihre Autos bestimmt nicht mitgenommen. Es sei denn, die Autos wurden später von den Räubern gestohlen und ..."
„Jetzt hör aber endlich mit deinen Räubern auf", unterbrach ihn Nick ungehalten, „außerdem hätten die dieses Auto da vorn bestimmt auch mitgenommen."

Dabei zeigte er auf einen alten, aber sehr gepflegten weißen Wagen. Er stand in einiger Entfernung hinter dem schmiedeeisernen Zaun.

„He, sieh doch mal", rief Bobby und zeigte an dem Auto vorbei, „ich glaube dort hinten brennt ein Licht."

Nick sah jetzt genauer hin. Auch er entdeckte in einiger Entfernung einen hellen Fleck in der Dunkelheit. „Was sollen wir jetzt machen?“, fragte Nick.

Bobby runzelte die Stirn: „Mir gefällt das nicht. Das ganze Dorf ist menschenleer. Und ausgerechnet hier hinter dem hohen Zaun steht ein schickes altes Auto und dahinter brennt eine Lampe. Das könnte eine Falle sein, um verirrte Reisende anzulocken und sie dann ... “

„Komm mir nicht wieder mit deinen Räubern“, stöhnte Nick. „Bei den paar Leuten, die sich hierher verirren, wären sie längst verhungert. Bestimmt gibt es für all das eine ganz einfache Erklärung. Ich meine, wir sollten zu dem Licht fahren und nach dem Menschen suchen, dem das Auto gehört. Er wird uns schon den richtigen Weg erklären können.“

Bobby sah ein, dass Nick wohl Recht hatte, und so fuhren sie langsam weiter, bis sie zu einem großen Tor kamen. Darüber stand in schnörkligen geschmiedeten Buchstaben, die einmal golden angemalt gewesen sein mussten: „Seniorenresidenz Althagenstein“. Beide Jungen sahen einander unsicher an. Was sollten sie tun?

Schließlich überwog ihre Neugier, und sie beschlossen, hineinzufahren. Eine Hälfte des Tores stand offen, so dass sie mit dem Wagen auf das Grundstück fahren konnten. Sie kamen über einen breiten Schotterweg, der durch eine geschmackvoll angelegte Parkanlage führte. Trotz der Dunkelheit sahen sie unter einem der alten Bäume eine Bank stehen. Man konnte deutlich erkennen, dass der Rasen vor nicht allzu langer Zeit gemäht worden war und auch die Hecken befanden sich in einem gepflegten Zustand.

„Hier muss es jemanden geben, der sich um den Garten kümmert“, sagte Nick und Bobby stimmte ihm zu.

Es dauerte nicht lange, bis sie die Lichtquelle erreichten. Es war eine einzelne Laterne, die vor einem riesigen landsitzartigen Gebäude stand. Es war mit Efeu bewachsen und machte einen ordentlichen Eindruck, kein Vergleich zu den anderen Häusern im Dorf. Bobby hielt den Wagen unter der Laterne.

„Und was tun wir jetzt?“, fragte Nick „Sollen wir einfach nachsehen, ob es eine Klingel gibt, und dann klingeln?“

„Weiß nicht“, antwortete Bobby, „es ist schon ganz schön spät und vielleicht schlafen die Senioren schon. Alte Leute gehen doch immer früh ins Bett.“

„Da könntest du Recht haben, aber gibt es in Altenheimen nicht immer Krankenschwestern?“

Plötzlich durchbrach eine schrille, krächzende Stimme ihre Unterhaltung: „Das ist ein Privatgrundstück. Hauen sie sofort ab. Wenn Sie das Haus besichtigen wollen, dann lassen Sie sich gefälligst einen Termin geben. Und kommen Sie zu einer anständigen Zeit wieder.“

Bobby sah, dass die Stimme zu einem dünnen alten Mann gehörte, der aus einem der Fenster im ersten Stock lehnte. Auf dem Kopf trug er eine karierte Nachtmütze und in der Hand hielt er eine Taschenlampe, die auf das Auto gerichtet war.

Nick zögerte keinen Augenblick. Schnell kurbelte er seine Scheibe herunter.

„Hören sie bitte“, rief er dem alten Mann zu, „wir haben uns verfahren und finden den richtigen Weg nicht. Könnten sie uns nicht vielleicht auf der Karte zeigen, wie wir nach Neuhagenstein kommen?“

Der alte Mann sah misstrauisch zu den beiden herunter. Dann verschwand er für kurze Zeit vom Fenster und tauchte mit einer dicken Brille auf der Nase wieder auf.

„Steigen sie erst aus und zeigen sie sich“, rief er knurrend.

Bobby beschloss in die Offensive zu gehen. Während er mit weichen Knien aus dem Auto stieg, rief er mit betont ängstlicher Stimme: „Bitte helfen sie uns doch. Mein Freund und ich, wir sind beide erst vierzehn, und wenn wir den Weg nicht finden, dann war alles umsonst.“

„Wenn ihr erst vierzehn seid, dann dürftet ihr doch gar nicht Auto fahren“, antwortete der Alte schnippisch.“

„Da haben sie ganz recht“, erwiderte Nick rasch, „aber es handelt sich um eine Art Notfall, so dass wir das Auto nehmen mussten.“

Das schien dem Alten als Erklärung zu reichen, sein Kopf verschwand vom Fenster und in dem Haus ging das Licht an.

„Welchen Notfall meintest du denn?“, fragte Bobby leise zu Nick gewandt.

„Och“, sagte der, „Notfall ist vielleicht nicht ganz das richtige Wort, aber du musst schon zugeben, dass es so etwas in der Art ist.“

Die Furcht der beiden Jungen hatte nachgelassen, sie waren überzeugt davon, dass ihnen von dem alten Mann mit der Schlafmütze auf dem Kopf keine Gefahr drohte. Die Bewohner des Altenheims waren sicher auch schon längst im Bett und schliefen. In dem Gebäude mit der gepflegten Gartenanlage lauerten sicherlich keine Räuber und es gab auch bestimmt keine Leichen.

Das mächtige Portal des Hauses knarrte laut, als es sich öffnete. Der alte Mann trug einen Morgenrock, der dasselbe Karomuster wie seine Nachtmütze hatte. Die Füße steckten trotz des warmen Wetters in pelzigen Hausschuhen. Nick und Bobby gingen zur Tür. Clipper, der bereits geschlafen hatte, folgte ihnen. Nick hatte den Reiseatlas unter den Arm geklemmt. Kurz bevor sie die Tür erreichten, hob der alte Mann, noch immer misstrauisch, seine Taschenlampe und leuchtete direkt in die Gesichter der Jungen.

„Hm", grummelte er, „ihr seht in der Tat noch sehr jung aus. Wahrscheinlich habt ihr die Wahrheit gesagt."

Er ließ die Lampe sinken und sein faltiges blasses Gesicht entspannte sich. Er streckte ihnen die Hand entgegen und stellte sich vor: „Ich bin Gustav Gruber, Verwalter, Gärtner, Putzfrau, Hausmeister und Nachtwächter dieses schönen Anwesens", sagte er jetzt mit freundlicherer Stimme und nicht ohne Stolz. Dann stellten Bobby und Nick sich vor. Danach schlug Nick die Karte auf, doch Gustav Gruber winkte ab: „Hier in der Dunkelheit kann ich nichts sehen, meine Augen sind nicht mehr besonders gut. Am besten ist es, ihr kommt herein und wir setzen uns in die Küche. Dann sagt ihr mir, wo ihr hin wollt, und ich zeige euch den Weg."

Ohne eine Antwort abzuwarten, drehte er sich um und verschwand in der großen marmornen Eingangshalle. Die Jungen folgten ihm zögerlich die Treppe hinauf. Gustav führte sie in einen Raum, an dessen Tür „Schwesternzimmer" geschrieben stand.

Es stellte sich schnell heraus, dass das Schwesternzimmer eine mit aus der Mode gekommenen Möbeln eingerichtete Küche war. Vor dem Fenster hingen

Vorhänge mit kleinen grünen und roten Tomaten darauf. Gustav forderte die Jungen auf, sich zu setzen.

„Möchtet ihr vielleicht ein Tässchen Kakao trinken? Es ist in den letzten Tagen ziemlich kühl geworden“, sagte er.

Nick und Bobby fanden es zwar ganz und gar nicht kühl, nahmen aber dankend an. Gustav erwärmte auf dem Herd einen zerbeulten Topf mit Milch und fügte dann Kakaopulver und Zucker hinzu. Die Jungen saßen schweigend an dem langen Tisch und sahen ihm dabei zu.

„Ihr müsst schon entschuldigen“, erklärte Gustav, als er die Tassen füllte, dass ich vorhin so misstrauisch war, aber zu so später Stunde ist hier schon lange niemand mehr vorbeigekommen. Und gerade neulich habe ich einen Bericht über die letzten Räuberbanden von Quilong im Fernsehen gesehen. Ihr werdet es nicht glauben, aber in manchen Gegenden lauern sie noch heute.“

„Denselben Bericht habe ich auch gesehen“, sprudelte es aus Bobby heraus. Sie unterhielten sich angeregt über die gemeinen Räuber und ihre armen Opfer und stellten fest, dass man selbst heutzutage nie vorsichtig genug sein konnte. Nick, der den Bericht nicht kannte, gähnte gelangweilt, hörte aber höflich zu und nippte an seinem Kakao.

Später erzählten sie Gustav, der sich als freundlicher alter Herr entpuppt hatte, dass sie eigentlich mit dem Auto über den Schwarzen Fluss wollten, die Brücke an der Hauptstrasse aber nicht gefunden hatten. Gustav runzelte die Stirn: „Da seid ihr völlig falsch gefahren“, erklärte er ihnen und zeigte auf der Karte, dass sie, als sie die Hauptstrasse verlassen hatten, nicht in östliche, sondern in südöstliche Richtung gefahren waren. Der Fluss, den sie für den Schwarzen Fluss gehalten hatten, war nur ein kleiner Nebenfluss, der Blaue Fluss.

„Aber weshalb konnten wir Althagenstein auf der Karte nicht finden?“, fragte Nick.

Gustav lächelte: „Weil eure Karte zu neu ist. Althagenstein hat schon seit über zwanzig Jahren nur noch einen einzigen Bewohner. Mich. Und weil sich hierher ohnehin kaum einer verirrt, wird der Ort in den neueren Karten nicht mehr aufgeführt.“

„Sie sind der Einzige?“, fragte Bobby verwundert. „Aber was ist denn mit den Bewohnern des Altenheims und den Leuten aus dem Dorf passiert?“

Gustav senkte traurig den Kopf. Dann begann er zu erzählen: „Vor vielen Jahren war Althagenstein ein ganz normales Städtchen. Es hat sogar einmal einen Preis für die außergewöhnlich schöne Architektur seiner Innenstadt gewonnen. Aber dann gingen die Ahornbäume ein und Althagenstein verließ das Glück. Die Menschen hielt nichts mehr hier und sie verließen die Stadt.“

„Wieso das denn?“, wunderte sich Nick. „Die Menschen sind nur wegen ein paar Bäumen weggezogen, die eingegangen sind?“

„Na ja“, erklärte Gustav, „die Leute in Althagenstein verdienten ihr Geld mit den Ahornbäumen. Fast jeder in der Stadt hatte sich auf die Herstellung von köstlichem Ahornsirup spezialisiert. Auf ganz Quilong kannte einst ein jeder den berühmten Althagensteiner Ahornsirup, süß und klebrig, mit einem feinen Veilchenaroma, wie er nur hier hergestellt wurde. Und plötzlich sind in den umliegenden Wäldern sämtliche Ahornbäume eingegangen. Kein Mensch hat je herausgefunden, weshalb.

Auch neue junge Bäume wollten nicht mehr anwachsen und sind nach kurzer Zeit verdorrt.

Natürlich gibt es viele Vermutungen, weshalb die Bäume eingegangen sind, aber den wahren Grund kennt niemand. Ich selbst habe viel Zeit damit verbracht, eine Erklärung zu finden. Es ist mir in all den Jahren nicht gelungen. Mit dem Aussterben der Ahornbäume wurden die Menschen von Althagenstein ihrer Existenzgrundlage beraubt. Eine andere Möglichkeit, Geld zu verdienen, gab es nicht. Das einzige Handwerk, das die Althagensteiner beherrschten, war nun mal die Herstellung von Ahornsirup. Einer nach dem anderen verließ die Stadt, um anderswo neu anzufangen."

„Und weshalb sind sie nicht fortgezogen? Es muss doch entsetzlich langweilig gewesen sein, in einer verlassenen Stadt zu leben, nur mit den Bewohnern des Seniorenheims?", fragte Bobby. Der alte Gustav, der sehr einsam sein musste, tat ihm sehr leid.

„Ach", sagte Gustav leise, „Senioren gab es hier nie viele. Der Bau der Seniorenresidenz war ein totaler Reinfall. Als sie neu eröffnet wurde, hatten wir gerade mal fünf alte Leute, die hier eingezogen waren. Denen wurde es bald zu langweilig. Die Erbauer des Heims verloren viel Geld. Es war wirklich eine dumme Idee, an den Rand einer Geisterstadt ein Luxusaltenheim zu bauen. Die alten Leute wollen heutzutage nicht mehr nur im Park spazieren gehen oder Häkeldeckchen sticken. Sie machen sich nichts aus Gartenarbeit oder einem schönen Sonnenuntergang hinter den Bergen. Die meisten möchten auf ihre alten Tage noch etwas erleben. Sie wollen tanzen gehen, Rollschuh fahren, Bungee springen und Drachenfliegen lernen oder wenigstens abends eine

Runde Kegeln gehen. Als die Seniorenresidenz nach langer Bauzeit endlich fertiggestellt worden war, hatte Althagenstein schon keine Bewohner mehr. Da half es auch nicht, dass die Tante des berühmten Tennisspielers Basti Bong, Adelaide Bong, für die Seniorenresidenz Althagenstein Werbung im Fernsehen machte."

„Wieso hat denn Basti Bongs Tante für ein Altersheim Werbung gemacht?", fragte Nick etwas verwirrt.

„Na, weil sie ihr ganzes Geld in den Bau des Heims investiert hatte", erklärte Gustav. „Sie und viele andere Investoren wurden damals betrogen und um ihr Erspartes gebracht. Als mit dem Bau des Altenheimes begonnen wurde, waren die Ahornbäume längst verschwunden und Althagenstein nahezu ausgestorben. Irgendjemand hatte rechtzeitig erkannt, dass Althagenstein bald menschenleer sein würde. Bevor sich das herumgesprochen hatte, stellte er sein Grundstück für das Projekt ‚Seniorenresidenz Althagenstein' zur Verfügung und kassierte viel Geld dafür.

Dann hat er den ahnungslosen Investoren vorgegaukelt, dass sie mit einer Beteiligung an dem Altenheim reich werden könnten. Ha, der Einzige, der reich wurde, war er selbst. Die anderen verloren ihre Gelder. Der Bau kostete einfach zu viel. Das Seniorenheim mit seinen fünf Bewohnern hat das Geld nie erwirtschaftet. Adelaide Bong war einer dieser Investoren. Aber das war lange vor eurer Zeit."

Gustav lehnte sich langsam auf seinem Stuhl zurück und trank einen großen Schluck Kakao. Das viele Reden strengte den alten Mann merklich an, er hatte seit Jahren nicht mehr so viel gesprochen.

Eine Weile saßen sie schweigend da. Dann räusperte Bobby sich und fragte: „Warum sind sie als Einziger geblieben?"

Der alte Mann sah traurig zu seinen Füßen herunter, die er aus den Hausschuhen herausgenommen hatte. Er wackelte mit seinen großen Zehen und antwortete dann langsam: „Ach, wisst ihr, ich habe mein ganzes Leben hier in Althagenstein verbracht. Ich wurde hier geboren, ich bin hier aufgewachsen, ich war nicht ein einziges Mal auf der anderen Seite des Flusses." Dann fügte er traurig hinzu: „Und – nun ja, meine liebe Francesca liegt nicht weit von hier unten im Dorf neben der großen Eiche begraben. Jemand muss doch ihr Grab pflegen und die Blumen gießen. Manchmal regnet es in dieser Gegend für Wochen nicht, müsst ihr wissen."

Er blickte die beiden Jungen mit seinen alten blauen Augen wehmütig an. „Sie fehlt mir sehr, hab schließlich fast mein ganzes Leben mit ihr verbracht."

Nick war sehr berührt. Gustav war aus Liebe zu seiner Frau als einziger in Althagenstein geblieben.

„Sie haben nach ihrem Tod nie wieder geheiratet?", fragte er vorsichtig.

„Wieso wieder?", erwiderte Gustav erstaunt. „Ich war doch noch nie verheiratet. Hatte nie viel Glück mit den Damen", erklärte er.

„Ja, aber was ist mit Francesca", rief Bobby, „mit der hatten sie doch Glück, wenn sie so lange mit ihr zusammen waren?"

Der alte Mann sah die beiden merkwürdig an und Bobby und Nick fürchteten schon, ihn beleidigt zu haben. Dann fing er an breit zu grinsen.

„Francesca war doch keine Frau", kicherte er wie ein Schulmädchen und errötete leicht, „sie war ein Koi, ein Fisch, wisst ihr?"

Nun mussten auch die beiden Jungen lachen, während Gustav ihnen genau beschrieb, wie wunderschön seine Francesca gewesen war, und dass er sich auf der Stelle in ihre sanften schwarzen Fischaugen verliebt hatte.

Nachdem Bobby und Nick sich ein Bild von Francesca gemacht hatten, wollte Gustav wissen, weshalb zwei vierzehn Jahre alte Jungen ohne Führerschein nachts mit einem Auto unterwegs waren. Weil der alte Mann bisher so freundlich zu ihnen gewesen war, erzählten sie ihm die Wahrheit. Was es mit ihrer Reise auf sich hatte, dass sie ohne Erlaubnis das Auto und die Kängurus genommen hatten, dass sie zu Basti Bong wollten und hofften, er würde Little Champ eine Chance geben, obwohl er eigentlich nur mit den Kängurus aus der Zucht seines Onkels Tennis spielte.

Gustav hörte interessiert zu und zu ihrer Erleichterung schimpfte er nicht, sondern bot seine Hilfe an.

„Aber heute ist es schon zu spät“, meinte er schließlich. „Ich bin furchtbar müde und auch ihr solltet heute Nacht lieber hier schlafen. Platz habe ich genug, ihr dürft euch das schönste Zimmer aussuchen. Morgen früh könnt ihr dann ausgeruht weiterfahren. Ich habe hinter dem Gemüsegarten einen leeren Schuppen, da können die Kängurus übernachten. Sie müssen von der langen Fahrt sehr erschöpft sein."

Weil sich Bobby und Nick sicher sein konnten, dass Vance Modenia in Althagenstein bestimmt nicht nach ihnen suchen würde, nahmen sie Gustavs Angebot dankbar an.

Eine halbe Stunde später schon lagen sie, nachdem sie eilig die Kängurus versorgt hatten, in einem Doppelzimmer mit Fernseher in zwei Betten, die ursprünglich einmal für die Senioren bestimmt gewesen waren. Gustav hatte ihnen gezeigt, wie die Klingel für die Krankenschwester funktionierte, und sie aufgefordert, falls sie noch irgendetwas bräuchten, nach ihm zu klingeln. Clipper hatten sie im Schuppen gelassen. Bobby wollte nicht, dass er, wenn sie nicht zu Hause übernachteten, in seinem Bett schlief. Er kannte die Meinung vieler Leute, dass Tiere nicht in die Betten von Menschen gehörten, und er wusste nicht, wie Gustav darüber dachte.

Sie hörten nicht, dass Gustav, der vor Freude über den unerwarteten Besuch nicht schlafen konnte, nachts zweimal nach dem Rechten sah und überprüfte, ob die Klingeln im Hause auch wirklich funktionierten. Er kontrollierte sogar, ob die Jungen auch richtig zugedeckt waren.

7. Kapitel: Zur anderen Seite des Flusses

Gustav hatte beschlossen, die Jungen ausschlafen zu lassen. Und so kam es, dass sie am nächsten Morgen erst um neun Uhr an dem von Gustav liebevoll gedeckten Frühstückstisch in der Küche saßen. Gustav trug eine Schürze mit kleinen Sonnenblümchen, während er am Ofen hantierte. Im Hintergrund dudelte ein Radio, das ebenso alt wie Gustav aussah.

Bobby erschrak, als er erwachte, weil es schon so spät war. Er weckte Nick und gemeinsam kamen sie während ihrer Morgentoilette zu dem Schluss, dass sie es im Grunde genommen nicht wirklich eilig hatten. Selbst wenn Vance Modenia ihnen gefolgt wäre, würde er sie hier niemals finden. Durch die längere Pause konnten Little Champ und seine namenlose Reisegefährtin sich in dem geräumigen Schuppen von der Fahrt erholen. Little Champ würde bei Basti Bong ausgeruhter ankommen und deshalb einen viel besseren Eindruck hinterlassen.

Gustav war in aller Frühe aufgestanden und hatte frische Mohnhörnchen gebacken, die sie jetzt genüsslich verspeisten. Dazu gab es Gustavs selbst eingeweckte Blaubeer- und Kirschmarmelade.

„Meine Erdbeerernte fiel dieses Jahr leider sehr dürftig aus, ich weiß nicht, woran es gelegen hat" entschuldigte er sich. „Die Pflaumen sind noch nicht reif, daher gibt es auch kein Pflaumenmus."

„Also, mir schmeckt es ganz prima", versuchte Nick den alten Herrn zu beruhigen, der wieder seine Brille mit den dicken Gläsern auf der Nase hatte. Er bestrich sich eben das vierte Hörnchen mit Blaubeermarmelade.

„Mir auch", stimmte Bobby seinem Freund mit vollem Mund zu. „Die Rezepte für die Marmelade würde ich gerne Frau Bolle mitnehmen", sagte er. „Das ist unsere Haushälterin. Sie kauft unsere Marmelade immer im Laden, weil sie meint, das Einkochen mache ihr zu viel Arbeit. Dabei hat sie doch bis auf das bisschen Haushalt gar nichts weiter zu tun."

Gustav freute sich, dass es den Jungen so gut schmeckte. Er erklärte mit wichtiger Miene, dass die Marmelade nur deshalb so gut sei, weil er die Beeren und Kirschen selbst gepflückt und dann sofort verarbeitet habe.

Nach dem Frühstück sprachen sie mit Gustav über den weiteren Verlauf ihrer Reise.

„Nach Neuhagenstein braucht ihr gar nicht erst zu fahren", erzählte Gustav. „Ich habe heute morgen im Radio gehört, dass alle Brücken über den Schwarzen Fluss in unserer Umgebung entweder zerstört oder im Wasser versunken sind."

„Siehst du", rief Nick freudig zu Bobby, „es ist genau so, wie ich es gesagt hatte, entweder zerstört oder mitten drin im Fluss!"

„Ja", seufzte Bobby, der sich so gar nicht über diese Nachricht freute. „Was machen wir denn jetzt? Wir müssen doch irgendwie über den Fluss, um zu Basti Bong zu kommen. Gustav, wissen Sie, wie weit es bis zur nächsten Brücke ist, die wir eventuell befahren können?", fragte er besorgt.

Gustav kratzte sich am Ohr. „Na, das sind mindestens vierhundert Kilometer", sagte er dann nachdenklich. „Im Radio haben sie gesagt, dass erst hinter dem Tiefen See die Brücken wieder passierbar sind. Wenn ihr mich fragt, dann ist es völlig normal, dass nach so starken Regenfällen die Flüsse über ihre

Ufer treten. Aber Pegelstände, wie wir sie heute haben, hat es in dieser Gegend noch nie gegeben. Es wird Wochen dauern, bis die Brücken wieder befahrbar sind."

„Oh nein", stöhnte Bobby „so lange können wir unmöglich warten. Die Schule fängt in zwei Wochen wieder an, und unsere Eltern werden sich Sorgen um uns machen, wenn wir für so lange weg sind."

Es war das erste Mal, dass Bobby an die Gefühle seines Vaters dachte. Der machte sich bestimmt fürchterliche Sorgen. Und auch Nicks Eltern wussten mittlerweile sicher von ihrem Verschwinden.

„Nun ja", sagte Nick, der eher praktisch veranlagt war, „vielleicht besteht ja noch eine andere Möglichkeit, um über den Fluss zu kommen. Gustav, gibt es vielleicht eine Fähre oder ein Boot, das groß genug für das Auto und den Anhänger wäre?"

Gustav dachte kurz nach.

„Eine Fähre gibt es natürlich nicht, denn normalerweise haben wir ja die Brücke", sagte er. „Und ein Boot? – Hm, ich hab zwar ein Boot, mit dem ich gelegentlich im Fluss Aale angele, aber das ist viel zu klein. Da hätte nicht mal ein Känguru allein genug Platz. Mein alter Freund Cletus, der hat ein eigenes Flugzeug ..."

„Ein Flugzeug!", rief Bobby entzückt, der zu gerne wieder einmal fliegen wollte „Lassen sie uns gleich bei ihm anrufen und fragen, ob er uns fliegen würde. Wir haben auch etwas Geld, so dass wir ihn für seine Hilfe bezahlen könnten."

„Geht nicht", antwortete Gustav knapp.

„Warum nicht?", wunderte sich Bobby, der glaubte, die Lösung für das Problem gefunden zu haben.

„Weil er tot ist“, antwortete Gustav. „Ist schon ein par Jahre her, da hatte der arme Kerl einen schrecklichen Unfall. Ist beim Pilze pflücken von der Leiter gefallen und hat sich dabei den Hals gebrochen. Als man ihn fand, hatte er den Pilz – es war ein außergewöhnlich schönes Exemplar – noch in der Hand. Er hatte ihn beim Fallen nicht losgelassen, der alte Sturkopf.“

Nick und Bobby sahen ihn betroffen an.

„Mein Großonkel, Giovanni Blib, ist auch mal beim Pilze pflücken von der Leiter gestürzt“, erzählte Nick. „Er selbst hat sich dabei nichts getan, aber meine Großtante Feodora hat sich den Arm gebrochen, denn sie stand unten und hielt die Leiter fest. Onkel Giovanni ist genau auf sie drauf gefallen. Die beiden hatten wirklich Glück. Seitdem darf Onkel Giovanni auf keine Leiter mehr steigen. Er bleibt jetzt immer unten stehen und hält die Leiter für Tante Feodora.“

In der Tat kam es auf Quilong beim Pilze sammeln regelmäßig zu schlimmen Unfällen, die mitunter auch tödlich ausgingen. Besonders bei den schmackhaften Feuchtbaumköpflingen, die als eine der begehrtesten Pilzsorten Quilongs galten, kam es öfter zu solchen Vorfällen. Die Pilze wuchsen ausschließlich an Baumstämmen und Ästen einiger sehr hoch gewachsener Baumarten, hoch oben unter der Baumkrone. Sie gediehen, wie die meisten Pilze, besonders gut nach starken Regenfällen, wenn die Luft feucht und nicht zu kalt war. Leichtsinnige Menschen lehnten ihre Leitern an die nassen Baumstämme und kletterten dann mitunter in Schwindel erregende Höhen, um ein besonders großes Exemplar zu ergattern. Manchmal rutschten dann die Leitern an der moosigen Rinde ab, oder aber die oft altersschwachen mitgebrachten Leitern brachen zusammen, so dass die leichtsinnigen Pilzsucher in die Tiefe stürzten.

„So viel also zum Fliegen“, sagte Nick enttäuscht. „Wir müssen eine andere Möglichkeit finden, um über den blöden Fluss zu kommen. Irgendetwas muss es doch geben. Wir müssen nur gründlich nachdenken, dann wird uns schon etwas einfallen“

„Nun ja“, räusperte sich Gustav „eine Idee hätte ich schon, aber ich weiß nicht, ob sie funktioniert.“

Bobby und Nick sahen ihn gespannt an.

„Vielleicht könnt ihr unter dem Fluss hindurchfahren“, sagte er.

„Wie meinen sie das?“, fragte Bobby, dem selbst noch nichts Schlaueres eingefallen war. „Haben sie etwa ein U-Boot?“

„Nein, natürlich habe ich kein U-Boot. Es gibt einen alten Tunnel, der früher, als der Handel mit Kakaobohnen auf Quilong verboten war, zum Schmuggeln benutzt wurde. Ihr habt doch sicher in der Schule gelernt, dass die Regierung von Quilong vor knapp hundert Jahren den Verzehr sämtlicher Kakaoprodukte verboten hatte, weil sie annahm, dass es die Zahl der übergewichtigen Quilonger reduzieren würde. Die Maßnahme war völlig nutzlos. Die Leute naschten einfach andere Süßigkeiten. Und Kekse und Plätzchen machen schließlich auch dick. Natürlich gab es aber auch noch solche, die auf ihre Kakaobohnen nicht verzichten wollten. Deshalb blühte der Schwarzmarkthandel, und es wurde geschmuggelt, was das Zeug hielt.“

„Darüber haben wir wirklich etwas in der Schule gehört“, sagte Bobby, „viele Gangsterbanden haben damals einen Haufen Geld mit dem Kakaoschmuggel verdient. Irgendwann hat die Regierung ihren Fehler eingesehen und das Verbot wieder aufgehoben."

„Ganz recht", stimmte Gustav ihm zu. „Genau so war es damals."

„Ja, aber was ist denn nun mit dem Tunnel?", wollte Nick wissen, der die Geschichtsstunde nicht besonders spannend fand.

„Ich weiß nicht, ob es ihn überhaupt noch gibt", erklärte Gustav, „vielleicht ist er längst eingestürzt. Du musst bedenken, dass er seit vielen Jahren nicht mehr benutzt wird.

Als ich noch ein kleiner Junge war, haben wir Kinder oft darin gespielt. Das Kakaoverbot war damals schon wieder aufgehoben worden. Die Schmuggler brauchten den Tunnel nicht mehr und waren längst von hier verschwunden. Einmal habe ich mich vor meinem Großvater in dem Tunnel versteckt, nachdem ich mir seine Pfeife geborgt hatte. Ich wollte heimlich rauchen, wisst ihr? Na ja, ich habe mich dabei ziemlich blöd angestellt. Es hat grauenhaft geschmeckt. Als der Husten endlich nachließ, sah ich, dass Großvaters Pfeife in Flammen stand. Nachdem ich das Feuer gelöscht hatte, war nur noch der Pfeifenstil übrig. Erst später fand ich heraus, dass man Tabak und nicht die Pfeife raucht.

Jedenfalls verbrachte ich aus Angst vor meinem Großvater die ganze Nacht im Tunnel. Als ich schließlich am nächsten Morgen nach Hause zurückkehrte, war mir niemand wegen der verbrannten Pfeife böse. Ärger gab es nur, weil ich weggelaufen war."

„Ach", sagte er nach einer Pause wohlig, „das waren schöne Zeiten. Ich weiß noch wie heute, als wir – ja, das muss im Jahre ..."

Offensichtlich hatte Gustav vergessen, worum es eigentlich ging und so unterbrach ihn Nick: „Dann müssen wir eben herausfinden, was mit dem Tunnel ist.“

„Ach ja, richtig, es ging ja um den Tunnel“, entschuldigte sich Gustav, und der träumerische Ausdruck auf seinem Gesicht verschwand.

„Können wir nicht einfach hinfahren und uns den Tunnel ansehen? Dann wissen wir doch, ob wir mit dem Auto durchfahren können oder nicht“, schlug Bobby vor.

Obwohl es Mittwoch war und Gustav im Sommer mittwochs immer die Hecken der Parkanlage trimmte, versprach er, den Jungen den Weg zum Tunnel zu zeigen. Während er rasch die Teller spülte, liefen Bobby und Nick zum Schuppen, um nach den Kängurus zu sehen. Die Tiere und Clipper mussten noch ihr Futter bekommen. Clipper war völlig aus dem Häuschen, als sie den Schuppen betraten. Er warf sich immer wieder auf den Rücken, damit die Jungen ihn am Bauch streicheln konnten, und klapperte vor Freude mit seinem Kiefer.

Dann fütterte Nick das aufgeregte Krokodil, während Bobby nach Little Champ und dem Weibchen sah. Die beiden saßen in einer Ecke nebeneinander und sahen Bobby an.

„Hallo, ihr zwei", rief er.

Die Kängurus hüpften auf ihn zu und senkten die Köpfe. Er krault beide hinter den Ohren, während sie an seinem Pulli schnüffelten.

„Gut seht ihr beide aus", stellte Bobby nach einem prüfenden Blick fest. Er wusste jetzt mit Sicherheit, dass es richtig war, den Kängurus eine Pause gegönnt zu haben. Nick trat zu ihnen und streichelte Little Champs braunes, weiches Fell.

„Du bist so ein schickes Känguru und du bist so freundlich", stellte Nick fest, der eigentlich nicht viel von Kängurus verstand. Aber in diesem Fall hatte er recht.

„Basti Bong wird dich bestimmt auch mögen", fügte er voller Überzeugung hinzu.

Während Nick die Kängurus streichelte, kümmerte sich Bobby um das Futter. Er befüllte zwei Eimer und trug sie in den Schuppen. Als die Kängurus ihr Futter rochen, ließen sie Nick stehen, hüpften zu ihren Futtereimern und steckten die Nasen hinein. Die Jungen sahen ihnen zu. Nach einer Weile sagte Bobby nachdenklich: „Dieser Gustav ist echt nett. Es ist schade, dass er hier ganz allein lebt."

„Vielleicht gefällt es ihm ja, allein zu leben", entgegnete Nick. „Es zwingt ihn doch keiner, hier zu bleiben. Wenn du mich fragst, hat er bestimmt noch andere Gründe. Ich meine, neben der Grabpflege für seinen toten Fisch."

Die beiden lachten.

„Meinst du, es steckt doch eine Frau dahinter?",

fragte Bobby zögernd. „Er hat doch gesagt, dass er mit Frauen nie viel Glück hatte."

„Könnte schon sein", antwortete Nick, „aber wenn es wirklich um eine geht, dann ist er ohne sie bestimmt besser dran."

Nick war auf Mädchen nicht gut zu sprechen. Er hatte sich in den letzten Winterferien fürchterlich in eines verliebt, das ihm versprochen hatte, ihm jeden Tag einen Brief zu schreiben. Doch er bekam keinen einzigen, obwohl er ihm täglich schrieb. Nachdem er eingesehen hatte, dass es wohl kein Versehen der Post gewesen war, hatte er sich fest vorgenommen, sich nie wieder zu verlieben. Mädchen waren doch eh alle gleich, er brauchte sich nur seine Schwester Gerti und ihre Freundinnen anzusehen. Ständig tuschelten sie miteinander und kicherten über irgendwelchen Blödsinn. Und überhaupt, wozu brauchte er eine Freundin, wenn er doch einen so guten Freund wie Bobby hatte!

„Mir würde es für Gustav schrecklich Leid tun, wenn er nur aus Liebeskummer allein hier geblieben ist. Mein Vater hat mir mal erzählt, dass ein Känguru, das viele Jahre zusammen mit einem anderen verbracht hat, eingehen kann, wenn man es von seinem Freund trennt."

„Und was willst du dagegen machen", fragte Nick schnippisch, „willst du Gustav mit zu Basti Bong nehmen, um ihn anschließend Frau Bolle vorzustellen?"

„Natürlich nicht", log Bobby, der das aber insgeheim für eine vortreffliche Idee hielt. Schließlich waren sie beide allein, und wenn sie sich mochten, dann würde es bald jeden Tag zum Frühstück Gustavs hausgemachte Marmelade geben.

Während er noch darüber nachdachte, wie er Gustav zum Mitkommen überreden konnte, erschien dieser im Schuppen. Weil die Sonne schien, trug er einen zerbeulten Strohhut auf dem Kopf und hielt in der Hand die Taschenlampe, die er bereits am Vorabend benutzt hatte.

„Von mir aus kann es losgehen“, rief er den Jungen fröhlich zu. Er wedelte mit einem Schlüsselbund, den er in der anderen Hand trug.

Sie gingen, von Clipper gefolgt, zu Gustavs Wagen und stiegen ein. Clipper sprang zu Bobby auf den Rücksitz, Nick saß vorne neben Gustav.

„Wie weit ist es denn bis zu dem Tunnel?“, wollte Nick von Gustav wissen.

„Er ist ganz in der Nähe, etwa fünfzehn Minuten würde ich sagen. Hinter dem Ort biegen wir auf eine kleine Sandstraße ab, die direkt zum Tunnel führt.“

Sie fuhren denselben Weg zurück, den die Jungen am letzten Abend gekommen waren. Bei Tageslicht fand Bobby die Stadt gar nicht mehr unheimlich. Er schämte sich fast, dass er sich so sehr gegruselt hatte. Gustav erzählte ihnen während der Fahrt ausgiebig, was für Leute einst in den Häusern gewohnt hatten, und er ließ nichts von dem Klatsch und Tratsch längst vergessener Tage aus: „... und dann hat Kitty Norten natürlich Stuart, den Vetter ihres Verlobten Benjamin, geheiratet, weil sie es nicht ertragen konnte, dass Benjamin bei Mathilda Bruckner Tee getrunken hatte. Benjamin hat es das Herz gebrochen. Er hatte doch nur Tee getrunken ...“

Gustav redete und redete. Obwohl sie die Personen, von denen die Geschichten handelten, nicht kannten, konnten sich die Jungen die Gesichter der Bewohner Althagensteins lebhaft vorstellen und sie begannen, die verlassene Stadt mit anderen Augen zu sehen. Mit einem Mal waren die Häuser nicht mehr gruselige alte Ruinen sondern letzte Zeugen längst vergessener Schicksale.

Gustav plapperte wie ein Schulmädchen. Längst hatten sie die Stadt hinter sich gelassen. Der Sandweg war gerade breit genug für ein Fahrzeug und von dichtem Gestrüpp umwuchert. Mehrere Male sah es so aus, als würde der Weg in den Büschen enden, aber dann bog Gustav leicht nach links oder rechts ab, und sie konnten sehen, dass er noch sehr weit in das Dickicht hineinführte.

Als der Weg etwas breiter wurde, hielt Gustav den Wagen an.

„So“, sagte er, „von hier aus gehen wir besser zu Fuß weiter. Wir sind ganz in der Nähe des Eingangs.“

Aufgeregt sprangen Bobby, Nick und Clipper aus dem Auto.

„Seht ihr“, sagte Gustav und wies mit dem Finger schräg nach vorn, „links neben der krummen Birke fängt der gemauerte Teil an.

Ich kann es noch gar nicht glauben“, sagte er ehrfürchtig, „es muss mindestens fünfzig Jahre her sein, seit ich das letzte Mal hier war.“

„Ist ja irre“, rief Nick, der mit Clipper voraus gelaufen war und jetzt vor dem Tunneleingang stand.

Bobby und Gustav folgten ihm. Nick wagte sich einige Schritte ins Innere des Tunnels.

„Der Fluss ist noch ungefähr zwanzig Meter entfernt,“ erklärte Gustav. „Früher gab es in der Tunneldecke einige Öffnungen für frische Luft und etwas Licht, aber die waren schon zu meiner Zeit mit Laub und Erde verstopft. Sobald man erst mal drin ist, ist

es stockfinster, werdet ihr gleich merken."
„Irre", staunte Bobby, „das ist fast wie im Fernsehen. Jetzt fehlen bloß noch die Schmugglerbanden von damals", schwärmte er.

„Glaub mir, mein Junge", sagte Gustav und schüttelte den Kopf, „du kannst froh sein, dass sie nicht mehr hier sind. Sie wären bestimmt nicht begeistert gewesen, ihren mühevoll erbauten Tunnel mit zwei Schuljungen und einem krummbeinigen alten Mann zu teilen."

Während die Jungen noch darüber spekulierten, was die Schmuggler wohl mit ihnen angestellt hätten, betraten sie gemeinsam den Tunnel. Nick und Clipper machten den Anfang, gefolgt von Gustav, der mit seiner Taschenlampe leuchtete. Bobby ging als Letzter. Er war fasziniert von der Dunkelheit und der modrigen Luft. Gelegentlich fielen ihnen einige Wassertropfen auf den Kopf und Gustav erklärte ihnen, dass sie sich jetzt bereits unterhalb des Flusses befanden. Er erzählte ihnen nicht, dass an der Tunneldecke Hunderte schlafender Fledermäuse baumelten, weil er glaubte, dass sie sich eh nicht für Fledermäuse interessierten.

Wider Erwarten befand sich der Tunnel in sehr gutem Zustand. Hier und da lagen zwar einige Steine auf der Erde und an manchen Stellen hatten sich schlammige Pfützen gebildet, aber es sah so aus, als würden sie keine Probleme haben, den Tunnel mit dem Wagen und Anhänger zu durchqueren. Nachdem die drei das Ende des Tunnels erreicht hatten, waren sie sich darüber einig, dass man eine Durchfahrt wagen konnte.

Noch auf der Rückfahrt nach Althagenstein überlegten sie, wie sie weiter vorgehen wollten. Nachdem sie den Fluss passiert hätten, bräuchten sie noch etwa fünf Stunden, um das Anwesen von Basti Bong zu erreichen. Aber da waren die Sandwege und der Schmugglertunnel. Und die waren auf der Karte nicht eingezeichnet. Gustav erklärte ihnen den Weg bis zum Anwesen von Basti Bong, sorgte sich aber, dass die Jungen ihn nicht finden würden.

„Können Sie nicht sicherheitshalber ein Stück mit uns kommen?", fragte Nick Gustav, als sie die Treppen zum Eingang der Seniorenresidenz emporstiegen.

„Ja", rief Bobby, der den alten Mann ebenfalls dabei haben wollte, „kommen sie doch mit uns, Gustav. Es würde ihnen bestimmt auch Spaß machen, mal aus Althagenstein rauszukommen."

„Im Grunde könnte ich euch schon begleiten", antwortete Gustav nachdenklich. „Aber das würde euch nichts nützen. Ich selbst war noch nie auf der anderen Seite des Flusses. Ich kenne mich deshalb dort genauso wenig aus wie ihr. Ich kenne den Weg nur von Erzählungen", erklärte er. „Ich bin nie weiter als bis zum Tunnelausgang gegangen", ergänzte er stolz.

„Ja, aber warum denn nicht?", fragte Bobby der nicht begreifen konnte, wie jemand darauf auch noch stolz sein konnte.

„Ich hatte keinen Grund weiterzugehen", sagte Gustav.

„Aber woher kennen Sie dann den Weg zu der neuen Anlage von Basti Bong?", wunderte sich Nick.

„Ich kenne ihn aus den Tratschzeitungen, die ich immer im Wartezimmer meines Zahnarztes lese", verteidigte sich Gustav. „Außerdem ist die Anlage gar nicht mehr so neu. Ich habe im Radio gehört, dass Basti Bong schon seit mehr als zwei Jahren dort lebt. Es gab gerade neulich einen sehr interessanten Bericht über ihn im Radio. Sie sagten, er wäre ein sehr tüchtiger Tennisspieler. Ich selbst verstehe ja vom Tennis nicht viel, müsst ihr wissen. Und in den Beutel eines Kängurus bekäme mich niemand rein, wo doch meine eigenen Beine mir schon manchmal nicht gehorchen wollen."

Als Bobby schon glaubte, Gustav könne ihnen wirklich nicht weiterhelfen, änderte der plötzlich seine Meinung und willigte ein.

„Wenn ihr euch aber wohler fühlt, einen Erwachsenen dabeizuhaben, dann werde ich euch bis zu Herrn Bong begleiten", erklärte er mit fester Stimme. „Schließlich habe ich ja jetzt einen Grund, weiter als bis zum Ende des Tunnels zu gehen!"

Dabei zwinkerte er den Jungen mit einem Auge, das durch das dicke Brillenglas unnatürlich vergrößert wurde, verschmitzt zu.

Die drei beschlossen, schnellstens aufzubrechen. Bobby und Nick wollten auf jeden Fall verhindern, dass Gustav seine Meinung noch einmal änderte. Außerdem wollten sie Basti Bongs Haus möglichst vor Einbruch der Dunkelheit erreichen. Bobby verlud die Kängurus und Nick packte rasch ihre Rucksäcke. Vorher duschte er in Windeseile und zog sich seinen guten Pullover an. Als er sich kämmte, stellte er mit Schrecken fest, dass er sein Haargel vergessen hatte. Nur mit Mühe gelang es ihm, seine welligen Haare in Form zu bringen. Während er sich verzweifelt mit seiner Frisur abmühte, kramte Gustav nach ein paar Sachen, die er für die Fahrt brauchte, und steckte sie in eine kleine Sporttasche. Gemeinsam suchten sie noch ein wenig Proviant zusammen. Wenig später saßen sie alle in Vance Modenias Truck und machten sich auf den Weg zum Tunnel.

Da Gustav sich nicht zutraute, ein fremdes Auto mit Anhänger zu fahren, einigte man sich, Bobby weiterhin hinter dem Steuer des Wagens sitzen zu lassen. Den Tunnel erreichten sie nur wenig später.

Auch die Fahrt unter dem Fluss hindurch verlief ohne Zwischenfälle. Sie hatten sich gesorgt, dass der Anhänger vielleicht zu hoch für den Tunnel sein könnte. Doch Gustav, der scheinbar nie etwas dem Zufall überließ, kramte aus seiner Tasche ein Maßband hervor und vermaß den Tunnel und den Anhänger. Dann versicherte er ihnen, dass die Tunneldecke hoch genug für den Anhänger sei.

Durch die Scheinwerfer des Autos wurden die Innenwände des Tunnels hell erleuchtet und sie konnten sehen, dass die Steinwand völlig mit dunkelgrünem Moos bewachsen war. Die vielen Fledermäuse mit ihren großen Ohren und platten Nasen, die an der Tunneldecke baumelten und schliefen, bemerkten sie trotz des Lichtscheins nicht. Gelegentlich rumpelte etwas, denn auf dem Boden lagen einige größere und kleinere Steine, die mit den Jahren aus den Wänden herausgebrochen waren.

8. Kapitel: Die Ankunft

Trotz der Leichtigkeit der Durchfahrt atmeten alle drei erleichtert auf, als sie den Tunnel am anderen Ende wieder verließen und im hellen Tageslicht standen.

„Geschafft“, freute sich Bobby, der nicht geglaubt hatte, dass es derart einfach sein würde.

„Gustav, wo geht es jetzt lang?“, wandte er sich an ihren Begleiter.

„Soweit ich weiß, muss es hier genau so einen Sandweg geben wie auf der anderen Seite des Flusses. Dem folgen wir einfach. Er wird uns auf eine befestigte Straße bringen. Dort werden wir dann auf die Karte schauen“, erklärte Gustav.

Nick kramte die Landkarte hervor. Er hatte schon auf der Fahrt zum Tunnel den Ort markiert, in dem Basti Bong wohnte. Er hieß Sommerfeld.

Während Bobby mit großer Mühe den schmalen Sandweg entlang fuhr, berieten sich Gustav und Nick, welchen Weg sie einschlagen sollten. Da es nur einen gab, waren sich die beiden schnell einig. Als sie kurze Zeit später die befestigte Strasse erreichten, rief Gustav plötzlich: „Seht mal, da drüben an der hohen Kiefer, da ist ein riesiger Feuchtbaumköpfling.“ Dabei zeigte er auf einen sehr groß gewachsenen Baum mit dürren Ästen, der rechts neben der Straße stand. Die Jungen folgten seiner Beschreibung. Tatsächlich befand sich hoch oben an dem Baum ein schön gewachsener, dicker Pilz.

„Zu dumm, dass ich keine Leiter dabei habe“ murmelte Gustav. „Wir hätten ihn mitnehmen und trocknen können.“

Er lehnte sich in seinem Sitz zurück und schwieg.

Dann entdeckte er an dem Stamm einer Esche einen weiteren Pilz.

„Seht nur, da“, rief er aufgeregt und wies auf die Esche, „da oben ist noch einer. Ja ist denn das die Möglichkeit? Ein weißer sogar! Die sind viel seltener als die rehbraunen und etwas kräftiger im Geschmack. Oh, ihr solltet mich unbedingt mal besuchen kommen, wenn ich meine berühmte Forelle mit Feuchtbaumköpflingen in Sahnesoße koche.“

„Hm, das klingt aber lecker“, seufzte Nick, der augenblicklich Hunger bekam.

„Und ich dämlicher alter Trottel wohne ganz in der Nähe und gehe nur auf meiner Seite des Flusses in die Pilze“, brubbelte Gustav vor sich hin. „Natürlich hatte ich nie einen Grund, durch den Tunnel zu gehen, aber andere Leute brauchen doch auch keinen Grund, um sich ihre Nachbarschaft genauer anzusehen. Wer weiß, was in diesen Wäldern noch so alles wächst, was längst in meinen Kochtopf gehört hätte.“

„Jetzt hast du mich hungrig gemacht, mit all dem Gerede über Essen“, klagte Nick, ohne auf den immer noch grummelnden Gustav zu achten.

„Mich auch“, rief Bobby.

Als Gustav in dem Proviantkorb zu kramen begann, erwachte auch Clipper, der zuvor bei Nick auf dem Schoß gedöst hatte. Nick hatte darauf geachtet, dass Clipper beim Schlafen das Maul geschlossen hielt, damit er ihm den guten Pullover nicht besabberte.

Clipper sah Gustav mit großen treuen Krokodilaugen flehentlich an. So kam es, dass Clipper als Erster futterte. Gustav hatte ihm einen Rollmops mit Gürkchen gegeben.

„Dein Krokodil scheint mächtig Kohldampf zu haben“, stellte Gustav amüsiert fest, der Clipper eifrig einen Rollmops nach dem anderen ins Maul steckte. „Es sieht mir auch wirklich etwas mager aus“, sagte er besorgt zu Bobby, während Clipper glücklich den dreizehnten Rollmops verschluckte. Bobby lachte, denn er wusste, dass Clipper den Bauch eingezogen hatte, wie er es immer tat, wenn er sich etwas Essbares erschleichen wollte.

„Gustav, willst du eigentlich all unsere Vorräte an Clipper verfüttern?“, unterbrach ihn Nick vorwurfsvoll. Sein Magen gab ein lautes Brummen von sich.

„Natürlich nicht, wie dumm von mir“, rief Gustav aufgeregt. Schnell steckte er wieder seinen Kopf in den Korb und wühlte darin herum, bis er mit einer grellroten Plastikschüssel in der Hand wieder auftauchte. Die Schüssel war randvoll gefüllt mit duftendem Streuselkuchen. Er reichte jedem ein großes Stück und sagte dann genüsslich kauend: „Meine Francesca hatte auch immer Hunger, die treue Seele. Alle rieten mir, sie ein wenig kürzer zu halten. Aber ich habe das nie hören wollen. Francesca hatte nun mal schwere Knochen. Was hätte ich denn tun sollen, etwa das arme Tier hungern lassen? Das hätte sie mir nie verziehen, wo sie doch so sensibel war. Und sie ist immerhin achtundsechzig Jahre alt geworden.“

Danach sprach keiner mehr. Zufrieden, dass sie ihrem Ziel immer näher kamen, aßen sie den Kuchen und tranken heißen Kakao. Die Sonne schien, rechts und links erhoben sich seichte grüne Berghänge. Hin und wieder lichtete sich der Wald und gab den Blick auf bunte Blumenwiesen frei.

In der Gegend der Farm der Modenias gab es kaum Blumen, sie lag mitten im flachen Grasland.

Als Bobby noch ein kleiner Junge war, hatte er im Sommer die paar Blumen, die er finden konnte, für seine Mutter gepflückt, und sie ihr voller Stolz gebracht. Sie hatte sich immer riesig darüber gefreut, weil ihr Sohn der Einzige im Haus war, der ihr überhaupt Blumen brachte. Bobby dachte nicht oft an seine Mutter, dafür war sie schon zu lange fort. Aber jetzt fragte er sich, ob auch sie schon davon wusste, dass Nick und er ausgerissen waren. Die Zeit verging und Bobby dachte an seine Kindheit und seine Mutter.

Nick, zufrieden in den Sitz gekuschelt, steckte sich das letzte Stück Kuchen in den Mund. Clipper hatte ihm beim Kuchenessen etwas geholfen. Danach schüttelte er sorgsam die Krümel von seinem Pullover und überprüfte dann genauestens den Sitz seiner Frisur. Er betrachtete seinen Kopf kritisch im Spiegel, holte einen Kamm aus seinem Rucksack und begann, seine widerspenstigen Haare damit zu bearbeiten. Schließlich würden sie, wenn alles gut ging, in wenigen Stunden Basti Bong gegenüberstehen.

Gustav war eingenickt. Er hatte in der letzten Nacht vor Sorge, die Jungen könnten ihn womöglich brauchen, kaum geschlafen. Gelegentlich ging ein Zucken durch seinen Körper. Allem Anschein nach hatte er gerade einen aufregenden Traum. Nick sah von dem schlafenden Gustav zu Bobby hinüber, der mit seinen Gedanken immer noch weit fort war.

„Du, Bobby", sagte er.

Bobby sah Nick überrascht an.

„Hast du was gesagt?", fragte er verwirrt und rieb sich die Schläfen.

„Was ist denn mit dir los“, fragte Nick und sah ihn besorgt an.

„Ach, ich musste nur gerade an früher denken, weißt du, als meine Mutter noch bei uns lebte und wir noch eine richtige Familie waren. Ich kann mich nicht mehr genau daran erinnern, wie das war. Komisch, nicht? Sie ist wohl schon zu lange fort.“

Nick kannte Bobbys Mutter kaum und wusste deshalb nicht, was er dazu sagen sollte.

„Weißt du“, fuhr Bobby fort, „ich dachte immer, ich wäre ganz schön arm dran, weil meine Mutter uns verlassen hat. Aber wenn ich dann jemanden wie Gustav sehe“, dabei senkte er die Stimme, „der niemanden hat, keinen Vater, keine Frau Bolle und keine Freunde, dann merke ich, wie gut es mir doch eigentlich geht. So ganz allein zu sein, ist bestimmt schrecklich.“

„Da hast du recht“, stimmte ihm Nick leise zu. Er hatte sich, seit er denken konnte, mit seiner großen Schwester gestritten und sich oft gewünscht, ein Einzelkind zu sein. Gemeinsam mit Gerti hatte er aber auch viele verrückte Dinge angestellt. In solchen Momenten war er immer sehr froh gewesen, sie zu haben, auch wenn sie oft albern war und komischen Mädchenkram machte.

„Was wolltest du eigentlich von mir?“, fragte Bobby und unterbrach den inzwischen selbst in Gedanken versunkenen Freund.

„Ach ja“, fiel es Nick wieder ein, „ich meine, wir sollten uns langsam überlegen, wie wir vorgehen wollen, sobald wir in Sommerfeld ankommen. Wir können doch nicht einfach bei Herrn Bong klingeln und ihm sagen, dass er mit erhobenem Tennisschläger in der Hand rauskommen soll.“

„Wieso eigentlich nicht“, lachte Bobby, der sich dieses Bild gerade lebhaft vorstellte.

„Das ist nicht dein Ernst“, meinte Nick entrüstet, „wir können doch den armen Herrn Bong nicht so überfallen!“

„Tun wir das nicht so oder so?“, fragte Bobby.

„Also, ich finde schon, dass es einen Unterschied macht, je nachdem, wie wir es anstellen“, erwiderte Nick voller Überzeugung.

„Schon gut“, versuchte Bobby ihn zu besänftigen, „war doch nur Spaß, natürlich werden wir ihn bitten, Little Champ auszuprobieren. Aber wie, weiß ich, ehrlich gesagt, noch nicht. Hast du schon eine Idee?“

„Ich habe mir gedacht, es wäre vielleicht das Beste, wenn wir einfach behaupten würden, wir wollen zu Frederik Lee, sobald wir das Anwesen erreichen. Der ist so unbekannt, dass er von verrückten Fans noch nicht belästigt wird“, erklärte Nick.

„O.k. das klingt gut“, pflichtete Bobby ihm bei. „Aber wie erklären wir, dass wir Kängurus dabei haben?“

„Ich denke“, überlegte Nick, „wir sollten sagen, dass ...“.

In diesem Moment wurde er von Gustav unterbrochen. Der alte Herr hatte seine Augen immer noch fest geschlossen, aber er ruderte wild mit Armen und Beinen und wand sich wie ein Aal auf seinem Sitz, so dass ihm die dicke Brille von der Nase zu rutschen drohte. Immer noch fest schlafend, begann er, wirr vor sich hin zu murmeln. Die Jungen konnten nicht verstehen, was er sagte. Clipper erwachte davon und starrte Gustav misstrauisch an. Weil er ständig das Gleiche sagte, konnten die Jungen schließlich mit viel Mühe heraushören, was es war, das Gustav so sehr beschäftigte. Der Name „Adelaide“ tauchte in den wirren Wortfetzen am häufigsten auf. Dann verstanden sie „Geh nicht!“ und „ So bleib doch ...“.

Bobby und Nick sahen einander unschlüssig an. Einen Sinn konnten sie in Gustavs Träumen nicht erkennen. Handelte es sich bei Adelaide wieder um ein von Gustav geliebtes Haustier, einen Ameisenbär oder ein Gürteltier vielleicht? Oder war sie womöglich seine Schwester? Bobby glaubte sich zu erinnern, dass Gustav den Namen schon einmal erwähnt hatte. Er wusste aber nicht mehr, in welchem Zusammenhang. Wahrscheinlich hatte er ihn gehört, als Gustav von den Bewohnern Althagensteins erzählt hatte. Dabei waren aber so viele Namen aufgetaucht, dass er sich trotz größter Bemühungen nicht entsinnen konnte. Nick erinnerte sich an den Namen überhaupt nicht.

„Wir sollten Gustav lieber aufwecken“, sagte Nick. „Es ist nicht richtig, dass wir ihm zuhören, während er vielleicht über ganz persönliche Dinge spricht, die er uns gar nicht sagen wollte.“

„Ja gut“, stimmte Bobby ihm zu, dem das Ganze ohnehin unheimlich vorkam.

Gerade als Nick Gustav einen Stups gegen den Arm versetzen wollte, verstummte der von selbst, nachdem er zuvor so heftig mit dem Kopf gewackelt hatte, dass der dumpf gegen die Autoscheibe gepoltert war. Einmal noch schnarchte Gustav laut auf. Dann verschluckte er sich, hustete und erwachte mit einem verstörten Ausdruck auf dem Gesicht. Seine weißgrauen Haare standen wild zu allen Seiten ab. Die Brille baumelte ihm gerade noch an einem Ohr.

„Hallo, Gustav“, sagte Nick verlegen, „wir wollten

dich gerade wecken, aber dann hast du dir den Kopf gestoßen und bist von selbst aufgewacht."

Gustav schüttelte schlaftrunken den Kopf.

„Ich habe mir den Kopf gestoßen?", fragte er verwirrt, „komisch, das habe ich gar nicht gemerkt."

„Oh, es hat aber ganz ordentlich gepoltert", versicherte ihm Bobby, der kaum glauben konnte, dass Gustav keine Kopfschmerzen zu haben schien. Gustav setzte seine Brille wieder auf, rekelte sich und kramte dann wieder einmal in dem Proviantkorb.

Nick sah Bobby fragend an. Bobby ahnte, dass Nick nicht interessierte, was Gustav wohl aus dem Korb nehmen würde, sondern dass er von Bobby wissen wollte, ob sie Gustav auf Adelaide ansprechen sollten. Bobby überlegte kurz und schüttelte dann kaum merklich den Kopf. Schließlich hatte Gustav ihnen ja nicht erzählt, wer Adelaide war und was er zu ihr für eine Beziehung hatte, und ob sie denn überhaupt ein Mensch war. Wenn Gustav darüber reden wollte, dann sollte er von selbst damit beginnen, fand Bobby.

Gustav hatte von dieser stummen Unterhaltung nichts mitbekommen und beförderte aus dem Korb eine Flasche Selleriebrause zu Tage.

„Wenn ich geschlafen habe, bin ich danach immer furchtbar durstig", erklärte er, setzte die Flasche an den Mund und trank sie in einem Zug leer. Dann schaute er aus dem Fenster, und die Jungen konnten sein Gesicht nicht mehr sehen. Die Sonne versteckte sich hinter einer dünnen Schicht weißer Wolken.

Sie passierten jetzt einen Teil von Quilong, der wieder dichter von Menschen besiedelt war. Entlang der Straße fuhren sie an kleineren Dörfern, Tankstellen, Restaurants und Feldern vorbei und konnten sich kaum vorstellen, dass sie noch vor wenigen Stunden in einer Gegend gewesen waren, in die sich nur selten jemand verirrte. Auf einer Seite der Straße stand die riesige Werbetafel einer Pizza-Restaurantkette, die damit warb, sämtliche auf Quilong bekannten Fischarten auf ihrer Speisekarte zu führen. Vom aalglatten Seerochen bis zum Zweikopfzander wurde alles zerhackt und in den Ofen gesteckt, was nicht schnell genug schwimmen konnte.

„Wir sollten langsam Mittag essen“, schlug Gustav vor.“ Die Werbung hatte ihren Zweck nicht verfehlt. „Ich denke, wir sind in etwa einer Stunde da und es macht keinen guten Eindruck, wenn wir mit knurrenden Mägen bei Herrn Bong auftauchen. Habt ihr Lust auf Pizza?“

Klar, hatten sie, aber Bobby zögerte: „Pizza wäre wirklich toll, nur möchte ich die Kängurus draußen nicht gern allein lassen. Wollen wir nicht lieber etwas aus dem Korb essen und dabei weiterfahren?“

„Ja, sicher, fahren wir weiter,“ antwortete Gustav, „aber wir könnten die Pizza doch im Auto essen. Ich habe schließlich alles dabei.“

Dann verschwand er abermals mit dem Kopf im Korb, der nun zu seinen Füßen stand, und zog einen mittelgroßen, mit Akkus betriebenen Reiseofen heraus, den er sogleich auseinander klappte.

An der Rückseite des Grills befanden sich vier große Saugnäpfe und Gustav brachte das Gerät fachmännisch an der Fensterscheibe des Autos an. Er schaltete den Ofen ein und eine kleine blaue Lampe leuchtete auf. Dann zog er eine Dose mit vielen kleinen, quadratischen Pizzas heraus, die er sogleich in den Ofen steckte.

„Ich hoffe, ihr mögt Seegurken-Seegras Pizza, ich hatte keine andere. Dies ist meine Lieblingssorte, wisst ihr. Ich habe schon seit Jahren keine andere Pizza gekauft."

Nick und Bobby nickten. Sie hatten beide noch nie davon gehört, dass Menschen Seegras aßen. Aber weil sich Gustav trotz seines Alters bester Gesundheit zu erfreuen schien, konnte das Seegras zumindest nicht giftig sein.

„Ich kaufe meine Pizza immer in einem Delikatessenladen in Neuhagenstein", erklärte Gustav mit wichtiger Miene, „der Inhaber des Ladens bezieht sie direkt von der Südküste, weil es dort die dicksten Seegurken gibt. Nirgendwo sonst werden sie so fett und saftig."

Während die Jungen Gustav erzählten, dass sie noch nie zuvor Seegras gegessen hatten, verriet ihnen Gustav, dass ohnehin nur sehr wenige Leute wussten, wie köstlich es sei. Und dass es sich bei seiner Pizza um das streng geheime Rezept eines zänkischen, glatzköpfigen Bäckers mit dem Namen Jabbo handelte.

Wenig später stieg ein köstlicher Duft aus dem Ofen. Gustav holte aus seinem Korb einen Satz Topflappen, gab Nick einen Teller und ließ vorsichtig die heißen Quadrate darauf gleiten. Dann belegte er das Blech von neuem und schob es zurück in den Ofen. Clipper, der schon ganz unruhig geworden war, saß auf dem Fußboden und schielte gierig nach oben.

Gustav war der Erste, der sich ein dunkelgrünes Stück nahm und genüsslich hinein biss. Zufrieden kauend blickte er sie erwartungsvoll an. Nun wagten sich auch Nick und Bobby, die Pizza zu kosten. Zu ihrer Überraschung schmeckte der Belag, der starke Ähnlichkeit mit einem Kuhfladen hatte, gar nicht übel. Die Seegurke hatte einen ähnlichen Geschmack wie Krebsfleisch und das Seegras schmeckte einfach nur salzig. Gustav buk fleißig weiter und nachdem sie alles aufgegessen hatten, fühlten sie sich satt und glücklich.

„Wir haben noch immer keinen Schlachtplan ausgearbeitet. Wie wollen wir denn nun vorgehen?“, fragte Nick, mit dem Blick auf die Karte.

„Seht mal“, rief Bobby aufgeregt dazwischen, „auf dem Schild steht, dass in fünfzehn Kilometern die Abfahrt nach Sommerfeld kommt. Das heißt, wir sind fast am Ziel! Wir müssen uns jetzt wirklich überlegen, wie wir vorgehen werden.“

„Wir sollten einfach, sobald wir am Tor zum Grundstück gefragt werden, was wir wollen, sagen, dass wir mit Frederik Lee verabredet sind. Das wird uns der Torwächter glauben. Und dann könnten wir versuchen, Basti Bong irgendwo auf dem Grundstück zu finden.“

„Oder wir fahren wirklich zunächst zu Frederik und bitten ihn, uns bei unserer Suche zu helfen“, schlug Bobby vor. „Wie wir Basti Bong überreden, wenn wir ihn gefunden haben, entscheiden wir, wenn es so weit ist“, meinte er abschließend.

„Klingt gut“, stimmte Nick zu, „das könnte klappen.“

Gustav sagte nichts dazu, aber auch er schien jetzt, da ihre Fahrt sich dem Ende neigte, unruhig zu werden. Er zog einen alten Kamm und eine Dose „Dr. Seidenglanz“-Haarsprühkleber aus seiner Sporttasche und begann, sich mit konzentriertem Gesichtsausdruck zu frisieren. Auch Nick überprüfte ein letztes Mal, ob mit seinen Haaren alles in Ordnung war.

„Man kann schließlich nie wissen, wen man trifft“, sagte er verlegen lächelnd zu Gustav. Der nickte ihm zustimmend zu und sprühte sich eine große Ladung von dem Haarkleber auf den Kopf, bis seine Haare artig nebeneinander lagen und er aussah, als trüge er einen dünnen silbernen Helm. Dann nahm er seine dicke Brille ab und putzte sie nervös. Als sie schließlich Sommerfeld erreichten, putzte er die Brille noch immer.

Sommerfeld war eine gepflegte Kleinstadt. Sie erkannten sofort, dass sie ihrem Ziel sehr nahe waren, als sie an der Basti-Bong-Grundschule, der Basti-Bong-Bibliothek, und schließlich an dem Basti-Bong-Tierheim vorbeifuhren.

„Mann, muss das schön sein, wenn man reich und berühmt ist“, schwärmte Nick, der nichts dagegen hatte, wenn eines Tages auch verschiedene Gebäude einer Stadt nach ihm benannt werden würden.

„Davon schläfst du nachts auch nicht besser“, erwiderte der sonst so fröhliche Gustav leise.

Sie fuhren die Hauptstraße weiter geradeaus. Unzählige kleinere und größere Straßen zweigten in beide Richtungen ab. An einer Ampel stellte Nick überrascht fest, dass die Straße die nach links abging, genauso hieß wie die Straße, in der Herr Bong wohnen sollte. Ursprünglich hatten sie vor gehabt, jemanden nach dem Weg zu fragen. Das war nun nicht mehr nötig. Bobby bog ab und folgte der Straße, die über einen Hügel führte. In einiger Entfernung sahen sie von oben hinter einer mannshohen weißen Mauer die gewaltige Tennisanlage des legendären Stars Basti Bong.

Die Sonne ging bereits unter, und in der großen Tennishalle brannten die Lichter. Sie konnten jede Menge Gebäude erkennen, teils Wohnhäuser und teils Ställe. Dahinter befanden sich Ausläufe, auf denen sich einige Kängurus tummelten. Ganz am Rand

der Anlage lagen drei Außenplätze, auf einem spielte noch jemand Tennis, aus der Entfernung konnten sie die Spieler aber nicht erkennen. Alles in allem war das Gelände ein ganzes Stück größer als die Farm der Modenias, wenn man deren weitläufigen Koppeln nicht mitrechnete.

Bobby hielt ehrfürchtig den Wagen an.

„Jetzt ist es also so weit“, sagte er mit fester Stimme. „Wir sind da. Wir stehen vor den Toren von Basti Bongs Tennisanlage.“

Eine Weile schwiegen sie und sahen auf die riesige Tennisanlage hinunter. Gustav war endlich mit dem Brilleputzen fertig. Ihnen war sehr feierlich zumute.

„Bringen wir es zu Ende“, sagte Nick, der einen Hang zum Dramatischen hatte. „Lasst uns Basti Bong ein Känguru bringen, das seiner würdig ist!“, ergänzte er feierlich.

Bobby fuhr wieder an. Sie fuhren von der Anhöhe hinab und näherten sich dem mächtigen Eingangstor, das, wie sie erwartet hatten, fest verschlossen war.

Noch bevor sie das große Tor erreicht hatten, öffnete es sich von selbst. Ein schickes blaues Auto sauste hindurch und schoss an ihnen vorbei. Den Fahrer konnten sie nicht erkennen.

„Hoffentlich war das nicht Herr Bong“, sagte Bobby besorgt und blickte dem davon rasenden Wagen nach.

Nick versuchte, ihn zu beruhigen: „Es könnte natürlich sein, dass er das höchstpersönlich war. Aber überleg doch mal, wie viele Leute in einem Betrieb dieser Größe täglich ein und ausgehen. Er hat sicher mehrere Kängurupfleger und Gärtner. Schließlich wohnt er hier ja nicht allein. Sein Trainer und die Familie Lee leben doch auch noch hier.“

„Stimmt“, meinte Bobby etwas erleichtert. Es wäre ihm aber doch lieber gewesen, wenn das Auto auf das Gelände hinauf gefahren wäre, statt es zu verlassen.

Sie erreichten das Tor und Bobby hielt an. Sein Herz schlug wild und sein Mund war plötzlich staubtrocken. Nick wischte sich mit dem Ärmel seines guten Pullovers den Schweiß von der Stirn. Auch Gustav sah plötzlich furchtbar alt aus. Gerade als Bobby der Gedanke kam, einfach umzukehren und nach Hause zu fahren, ertönte neben ihnen die resolute Stimme einer Frau: „Sie wünschen bitte?"

Die drei sahen sich verdutzt um, konnten die Frau aber nicht entdecken. Dann erkannten sie, dass an einem Baum neben dem Tor eine Sprechanlage angebracht war. Die Stimme ertönte wieder und klang jetzt besonders abweisend: „Sagen Sie mir gefälligst was sie wollen oder machen sie, dass Sie hier wegkommen!"

Bobby holte tief Luft, räusperte sich und sagte mit krächzender Stimme, denn sein Mund war immer noch völlig ausgetrocknet: „Guten Abend, gnädige Frau. Wir sind Freunde von Frederik Lee und möchten ihn gerne besuchen. Würden sie uns bitte hineinlassen?"

Die Stimme klang jetzt freundlicher.

„Ach, Sie sind Freunde von Herrn Lee", sagte sie versöhnlich, „erwartet der junge Herr Lee sie heute Abend?"

„Ja", log Bobby rasch, „wir sind heute miteinander verabredet."

„So, so", säuselte die Stimme lieblich. „Nun, Sie stehen nicht auf der Besucherliste."

„Och", improvisierte Bobby, „er hat es bestimmt vergessen, zu notieren. Sie wissen ja, wie viel er immer zu tun hat."

„Gewiss hat er das“, sagte die Stimme nicht mehr ganz so freundlich, „aber wieso ist Herr Lee dann gerade eben an ihnen vorbeigefahren, wenn er doch mit ihnen verabredet war?“

Die letzen Worte schrie die Stimme boshaft: „Verschwinden Sie augenblicklich, wer auch immer Sie sind. Herr Bong möchte nicht gestört werden. Er wird nichts kaufen, und er wird ihnen auch kein Autogramm geben.“

Bobby zuckte zusammen, dann senkte er niedergeschlagen den Kopf. Er hatte versagt. Sie hatten es nicht geschafft, Basti Bong zu treffen. Es gab nichts, was er jetzt noch sagen konnte, um die bösartige Stimme zum Öffnen des Tores zu bewegen. Weshalb musste Frederik Lee auch gerade jetzt wegfahren? Und weshalb war er nicht einfach von Anfang an schneller gefahren? Dann hätten sie Frederik nicht verpasst und ihr Plan hätte funktioniert.

So aber war ihre ganze Reise umsonst gewesen. All die Mühe, die sie sich gemacht hatten, war vergebens. Schon die Idee mit der Fahrt kam ihm auf einmal furchtbar albern vor. Was hatten sie sich bloß dabei gedacht? Die Kängurus nehmen und einfach quer über den halben Kontinent bis zu Basti Bong zu fahren? Natürlich wurden sie nicht eingelassen. Er selbst hätte auch einen strengen Torwächter, wenn er eine Berühmtheit wäre. Die Vorstellung von seinem breit grinsenden Vater, der neben Basti Bong und Little Champ stand und einen glänzenden Pokal in den Armen hielt, hatte sich in Nichts aufgelöst.

Die böse Stimme riss Bobby aus seinen trüben Gedanken: „Wenn Sie nicht auf der Stelle verschwinden, werde ich unseren Wachmann zu ihnen rausschicken. Der ist ganz bestimmt nicht so freundlich wie ich“, keifte sie.

In diesem Moment beugte sich plötzlich Gustav, der bis dahin geschwiegen hatte, zu Bobby an das Fenster vor.

„Die Höflichkeit an diesem Tor lässt ein wenig zu wünschen übrig“, stellte er mit würdevoller Stimme fest.“

„Das geht sie nichts an“, blaffte die Stimme zurück, „ich tue, wofür ich bezahlt werde.“

„Dann tun sie das und melden Adelaide Bong, dass ihr Verlobter Gustav Gruber sie zu sprechen wünscht.“

Bobby und Nick blickten erstaunt auf. Verlobter? Gustav war mit der Tante von Basti Bong verlobt? Die Stimme lachte höhnisch auf: „Sie als Adelaide Bongs Verlobter sollten wissen, dass Ihre Verlobte, wie Sie sie nennen, seit über zehn Jahren mit dem Bruder von Basti Bongs Trainer, mit Vincente Diego, verheiratet ist.“

„Seit zwölf Jahren, um genau zu sein“, korrigierte Gustav sie höflich, „aber am zehnten August vor sechsundvierzig Jahren hatte sie mir versprochen, meine Frau zu werden. Wenige Tage später ist sie gegangen, und ich habe sie nie wieder gesehen.“

„Haben sie einen Termin?“, krächzte die Stimme aus dem Lautsprecher.

„Nein, ich habe keinen Termin, aber bitte fragen sie Adelaide doch, ob sie mich trotzdem empfangen würde“, sagte Gustav mit fester Stimme, „bitte, es ist wichtig.“

„Das wird einen Moment dauern“, erwiderte die Stimme schroff.

„Oh, nicht doch, nehmen sie sich alle Zeit, die sie

brauchen. Wir werden solange hier warten."
Daraufhin knackte es und die Stimme verstummte.

Einen Moment lang sprach niemand. Dann erwachten Nick und Bobby gleichzeitig aus ihrer Erstarrung.

„Du warst mit Adelaide Bong verlobt?", platze es aus Bobby und Nick gleichzeitig heraus. „Ist ja irre. Warum hast du uns das nicht gleich erzählt?"

„Nun", antwortete Gustav, und er wählte seine Worte sorgfältig, „ich hatte gehofft, es würde nicht nötig sein, unsere Verlobung zu erwähnen. Wie ihr ja seht, ist aus der Hochzeit am Ende nichts geworden. Sie hat einen anderen geheiratet."

Er senkte den Kopf und besah sich seine blank geputzten Schuhe.

„Aber, weshalb habt ihr denn nicht geheiratet?", fragte Nick, „schließlich wart ihr verlobt. Das heißt doch, dass ihr einmal ineinander verliebt gewesen sein müsst."

„Ja, verliebt waren wir ineinander, und wie. Sie war das Erste, woran ich dachte, wenn ich morgens aufwachte, und das Letzte, bevor ich einschlief."

„Und was ist passiert, nachdem Sie deinen Heiratsantrag angenommen hatte?", wollte Bobby wissen.

„So ganz genau weiß ich das selbst nicht", antwortete der alte Herr, immer noch mit gesenktem Kopf, „ich denke, dass ich das heute Abend noch herausfinden werde."

„Und weshalb bist du nicht schon längst zu ihr gefahren und hast sie gefragt, weshalb sie gegangen ist? Warum hast du so lange gewartet?"

„Nun ja", versuchte Gustav zu erklären, „zuerst

war ich furchtbar enttäuscht und verletzt. Schließlich war sie es, die unsere Beziehung beendet hat und gegangen ist. Ich hab mir gesagt, dass sie ja weiß, wo sie mich findet, wenn sie mich finden will. Sie hätte jederzeit kommen können, um es mir zu erklären. Aber das hat sie nicht getan, und ich wollte mich natürlich auch nicht aufdrängen. Irgendwann habe ich die Hoffnung aufgegeben und mich damit abgefunden, dass sie mich nicht mehr wollte. Ich versuchte, sie zu vergessen. Dann, eines Tages, habe ich in einer Illustrierten im Wartezimmer meines Zahnarztes zufällig von ihrer Hochzeit mit Vincente Diego gelesen. Ich glaube, es stand im ‚Goldenen Monatsblatt', das lese ich ganz gern wegen der vielen Kreuzworträtsel. Als ich das mit der Hochzeit erfuhr, war mir natürlich klar, dass sie mich vergessen haben musste, und ich fand mich damit ab.

Na ja, ich werde, wie ihr selbst seht, nicht jünger, und bevor ich eines Tages sterbe, hätte ich schon noch gern den Grund für ihre damalige Entscheidung erfahren. Euch habe ich nichts erzählt, weil ich befürchtete, dass mich vielleicht im entscheidenden Moment der Mut verlassen würde, mitzufahren."

Bobby und Nick mussten erst einmal verdauen, was sie da gerade gehört hatten.

„Dann kennst du auch Basti Bong persönlich?", fragte Nick ehrfürchtig.

„Nein, ich kenne ihn nicht, hab ihn bloß als Baby ein oder zwei Mal gesehen. Er lebte damals mit seinen Eltern in Canaria. Sein Vater ist Adelaides jüngerer Bruder. Als Adelaide noch in Althagenstein wohnte, hat die Familie sich nicht oft gesehen. So weit ich weiß, sind die Eltern von Basti Bong nicht mehr am Leben.“

„Das stimmt“, pflichtete Bobby ihm bei, „das stand Mal in dem Tennismagazin, das mein Vater immer liest.“

In diesem Moment meldete die Stimme sich wieder zu Wort: „Frau Adelaide Bong ist bereit, Sie zu empfangen. Ich werde jetzt das Tor öffnen. Fahren sie zügig hindurch. Wenn sie die große Tennishalle erreichen, biegen sie rechts ab und halten sich dann immer geradeaus. So werden sie direkt zu ihrem Haus gelangen.“

Es knackte und die Stimme war verschwunden. Dann schwang das riesige Tor auf und Bobby fuhr zügig los. Er folgte den Anordnungen der Stimme und fuhr erst bis zu der Tennishalle, bog dann ab und hielt schließlich vor einem netten weißen Holzhaus mit Veranda. Die Veranda wurde umrahmt von rosafarbenen Blumen mit unzähligen kleinen Blüten. Auf der Veranda stand parallel zur Hauswand eine Hollywoodschaukel. Davor stand eine kleine, zarte Frau in Gustavs Alter. Sie hatte silbergraues Haar, das ihr auf die schmalen Schultern fiel. Gustavs Herz klopfte so laut, dass die Jungen es fast hören konnten. „Da ist sie“, sagte er mit erstickter Stimme.

Bobby fuhr bis vor das Haus und hielt den Wagen an. Aus der Nähe betrachtet sah ihr Gesicht faltig aus. Sie musste eine Frau sein, die in ihrem Leben viel gelacht hatte. Auf ihrem Gesicht zeigte sich der Anflug eines verlegenen Lächelns. Auch Gustav lächelte scheu, zu den Jungen sagte er aber mit leiser Stimme: „Seltsam, ich hatte sie größer in Erinnerung.“

Nick und Bobby sahen einander ungläubig an.
„Das liegt vielleicht daran, dass ihr Rücken mit der Zeit krumm geworden ist“, versuchte Nick zu erklären, „außerdem ist sie barfuß, da sind alle Frauen plötzlich ein ganzes Stück kleiner.“
Gustav nickte zustimmend.
„Es wird am besten sein, wenn ich allein zu ihr gehe. Ihr wartet vielleicht solange im Wagen?“, wollte Gustav gerade sagen, als Adelaide auch schon zu ihnen trat. Gustav öffnete schnell die Wagentür, stieg aus, machte einen Schritt auf sie zu und reichte ihr verlegen die Hand. Sie errötete leicht und ergriff seine Hand.
„Hallo, Gustav“, sagte sie dann mit einer Stimme, die sehr viel jünger klang, als sie erwartet hatten. „Es ist schön, dich nach all den Jahren wiederzusehen.“
Gustav lächelte sie immer noch an, brachte aber kein Wort heraus.
„Warum gehen wir nicht ins Haus“, schlug sie vor. „Ich habe mir gerade eine große Kanne Veilchenblütentee gekocht. Vielleicht möchtest du ja ein Tässchen mit mir trinken? Deine Enkelsöhne sind natürlich auch herzlich willkommen. Sie können aber auch gerne auf dem Gelände herumlaufen und sich alles ansehen. Vielleicht mögen sie ja Tennis? Ich bin sicher, um diese Zeit wird noch irgendwo gespielt. Wenn sie Glück haben, können sie womöglich sogar noch unserem Basti beim Training zusehen. Er war nämlich heute Mittag beim Privatgartenamt von Sommerfeld, weil er entlang der Mauer Gänseblümchen anpflanzen lassen möchte. Dazu braucht er eine Genehmigung. Hier in Sommerfeld ist die Verwaltung sehr gewissen-

haft. Deshalb konnte er tagsüber nicht wie üblich trainieren. Den Tennisspielern zuzuschauen, ist für die Jungen bestimmt spannender, als mit uns alten Leuten Tee zu trinken und über vergangene Zeiten zu sprechen."

Bobby und Nick waren begeistert. Hoch erfreut sprangen sie aus dem Wagen.

„Sie meinen wirklich, es stört Herrn Bong nicht, wenn wir ihm einfach beim Trainieren zusehen?", fragte Bobby, der vor Aufregung völlig außer sich war.

„Aber nein, das ist unser Basti doch gewohnt", antwortete Adelaide, „lauft einfach den Weg zurück zur Tennishalle und geht rein. Falls euch jemand fragt, dann sagt ihr, dass ihr zu mir gehört. Das Personal wird euch keine Schwierigkeiten bereiten. Einige sind ein wenig übereifrig, müsst ihr wissen."

„Toll!", rief Bobby.

„Haben sie vielen Dank, Frau Bong", fügte Nick begeistert hinzu, und dann rannten sie auch schon in Richtung Tennishalle davon. Clipper sauste ihnen auf seinen kurzen Beinchen hinterher, vermochte aber mit den Jungen nicht Schritt halten. Weil er sich immer auf seine Nase verlassen konnte, hatte er keine Schwierigkeiten, den richtigen Weg zu finden.

Adelaide und Gustav sahen den Dreien noch eine Weile nach, bevor sie ins Haus gingen.

9. Basti Bong höchstpersönlich

Bobby und Nick brauchten keine Minute, bis sie die moderne Tennishalle mit den gläsernen Wänden erreicht hatten. Clipper, der kürzere Beine hatte und noch ein wenig verschlafen war, brauchte länger.

„Ich kann es gar nicht glauben", rief Nick immer wieder voll Freude, „dass wir ihn gleich sehen werden."

„Und wir dürfen ihm beim Trainieren zusehen", freute sich Bobby. Er selbst spielte kein besonders gutes Tennis, aber gemeinsam mit seinem Vater hatte er schon so viele Spiele auf dem Tennisplatz oder im Fernsehen gesehen, dass er etwas in der Theorie vom Tennis verstand. Was würde wohl sein Vater sagen, wenn er ihm erzählte, dass er dem großartigen Basti Bong in dessen eigener schicken Tennishalle beim Trainieren zugesehen hatte?

Bevor sie sich entschlossen, die Halle zu betreten, spähten sie vorsichtig durch die Glasscheibe hinein. Tatsächlich saß Basti Bong im Beutel eines Känguras und schlug Bälle zurück, die ihm eine Ballwurfmaschine entgegen schleuderte.

„Wahnsinn", staunte Nick als er sah, mit welchem Tempo Basti Bong und sein Känguru über den Platz sausten. Er wollte gerade die Tür öffnen, als Bobby zögernd stehen blieb.

„Warte", sagte er, „wir müssen uns noch überlegen, wie wir ihn dazu bringen, sich Little Champ anzusehen."

Nick seufzte: „Können wir uns das nicht später überlegen, ich möchte ihm doch so gerne eine Weile zusehen."

Aufgeregt strich er sich durch die Haare und sah Bobby flehentlich an.

„Du kannst ihn doch gleich sehen", versicherte ihm Bobby, hilf mir nur einen Moment beim Nachdenken."

„Also schön", stöhnte Nick und zog nachdenklich die Stirn in Falten.

Nachdem er eine Weile gegrübelt hatte, sagte er laut: „Im Grunde haben wir zwei Möglichkeiten. Entweder sehen wir ihm so lange beim Training zu, bis er fertig ist, und fragen ihn dann, ob er nicht noch Little Champ probieren würde, oder aber wir laufen gleich zurück zum Wagen und holen Little Champ sofort her."

„Hm", meinte Bobby, „wenn wir warten, bis er mit seinem Training fertig ist, wird er sicher müde sein und will nur noch schnell sein Känguru versorgen. Aber wenn wir mit Little Champ in die Halle laufen und ihn unterbrechen, wird er vielleicht wütend und wirft uns raus, bevor er uns richtig angehört hat. Schließlich hatte er heute keinen besonders schönen Tag."

„Da könntest du Recht haben", erwiderte Nick.

Die beiden sahen sich ratlos an. Plötzlich hellte sich Nicks Miene auf.

„Ich glaube, ich weiß, wie wir es machen", sagte er zufrieden und seine Stirn glättete sich. „Haben wir Tennisschläger dabei?"

„Tennisschläger?", wiederholte Bobby irritiert, „was sollen wir denn damit? Willst du ihn etwa verprügeln, wenn er sich weigert Little Champ auszuprobieren?"

„Ach, sei doch nicht albern", zischte Nick, „natürlich nicht. Haben wir nun Schläger dabei oder nicht?"

„Klar", antwortete Bobby schnell, „bei uns liegen

überall die alten Tennisschläger meines Vaters herum. Du solltest mal sein Büro sehen. Im Anhänger liegen auch welche, das habe ich heute Morgen beim Einladen der Kängurus gesehen. Sie klemmen zwischen dem Wassertank und der Wand. Wozu brauchen wir sie denn?"

„Nun", erklärte Nick, „wir werden Basti freundlich grüßen und dann auf einem der freien Plätze neben ihm selbst eine Partie Tennis spielen."

„Du willst was?!?", fragte Bobby entsetzt.

„Tennis spielen, du auf der einen Seite des Netzes, ich auf der anderen. Dann kann er, ohne dass wir ihn belästigen, von selbst sehen, was Little Champ für ein feines Tenniskänguru ist. Und das, mein Lieber, wird er bestimmt bemerken, selbst wenn Little Champ nur einen mittelmäßigen Spieler wie dich im Beutel zu sitzen hat."

„Das stimmt schon", pflichtete ihm Bobby bei, „dein Plan hat nur einen Fehler."

„Was für einen Fehler denn?"

„Na ja", druckste Bobby herum, „ich sage dir das nur ungern, aber du weißt doch eigentlich selbst, dass du überhaupt kein Tennis spielen kannst. Wie soll Little Champ zu den Bällen springen, wenn du sie nicht über das Netz geschlagen bekommst?"

Nick schluckte.

Er war tatsächlich ein miserabler Tennisspieler. Das war nicht übertrieben. Die beiden Jungen hatten schon oft, wenn sie sich langweilten, versucht, miteinander Tennis zu spielen. Nick hatte ein Problem. Er traf zwar meistens den Ball, wenn er direkt angespielt wurde, und dieser flog auch zurück über das Netz, aber er hatte zu wenig Gefühl für das Känguru. Er schaffte es nicht, das Känguru schnell genug zum

Ball zu lenken, so dass er nur selten dazu kam, tatsächlich einmal nach dem Ball schlagen zu können, weil er ihn einfach nicht erreichte. Meist hüpfte der Ball, ohne dass er etwas dagegen tun konnte, auf seiner Seite des Tennisplatzes ungehindert weiter.

„Das ist wirklich ein Problem“, gab Nick zu, „aber was ist, wenn ich mich mit dem Weibchen dicht vor das Netz setze. Dann braucht es sich auf dem Platz überhaupt nicht zu bewegen, wenn du alle Bälle direkt zu mir schlägst?“

Bobby dachte kurz nach.

„Ja, das könnte sogar klappen,“ überlegte er. „Little Champ ist so schnell und wendig, dass ich immer genug Zeit zum Schlagen haben werde, um dich ganz präzise anzuspielen.“

„Na fein“ sagte Nick abschließend, „dann los jetzt, sonst ist Basti mit seinem Training vorher fertig. Er grinste Bobby an.

„Ja“, antwortete Bobby „geh du schon mal in die Halle und pass auf, dass Basti Bong nicht verschwindet. Ich hole die Kängurus, Schläger und ein paar Bälle. Falls er, während ich weg bin, die Halle verlassen sollte, folgst du ihm unauffällig. Kratz mit deinem Schuh Striche in den Sandweg, dann finde ich dich schon. Zur Not müssen wir vor dem Stall seines Kängurus spielen, denn er braucht bestimmt noch etwas Zeit, um es zu versorgen, ihm im Stall die Tennisschuhe auszuziehen, es zu füttern und so was.“

„Gut“, flüsterte Nick.

Nick öffnete die Glastür und schlüpfte lautlos in die große Halle. Bobby sah, wie sein Freund an der Wand neben dem Feld, auf dem Basti Bong trainierte, vorbei schlich und sich in den hinteren Reihen auf eine Bank setzte. Nick starrte Basti Bong mit großen Augen an. Die beiden waren allein in der riesigen Halle.

Bobby drehte sich um und rannte, so schnell er konnte, zu ihrem Anhänger zurück. Es war gut, dass er die Kängurus noch nicht gefüttert hatte, denn Kängurus haben eine äußerst empfindliche Verdauung und sollen deshalb mit vollem Magen nicht allzu wild umher springen.

Bobby öffnete die Klappe des Anhängers und stieg hinein. Die Kängurus, die vor sich hingedöst hatten, wurden beim Öffnen des Anhängers wach und sahen ihn mit sanften braunen Augen an.

„Hallo, ihr zwei", begrüßte er Little Champ und das kleinere Weibchen. Dann ergriff er in größter Eile die Schläger, die er am Morgen entdeckt hatte. Daneben hing auch ein Netz mit Bällen. Er zog den Tieren, so schnell er konnte, ihre Tennisschuhe an, achtete aber sorgfältig darauf, dass sie korrekt saßen und nicht drückten. Er hängte dem Weibchen eine Leine um den Hals, griff die Schläger und das Ballnetz, zog seine Schuhe aus und stieg ehrfürchtig zu Little Champ in den Beutel.

„So", sagte er zu dem Känguru, „du bekommst heute die Chance deines Lebens. Du kannst berühmt werden. Bitte, bitte, gib dir Mühe und benimm dich."

Dann setzten sie sich auch schon in Bewegung. Das Weibchen mit den großen Ohren folgte ihnen.

Sie hüpften aus dem Anhänger heraus und Little Champ sprang in großen Sätzen den Weg zur Tennishalle entlang. Das jüngere Weibchen strengte sich sichtlich an, um Schritt zu halten. Bobby wurde ordentlich in Little Champs Beutel durchgeschüttelt. Er hatte völlig vergessen, dass die Kängurus zwei Tage keinen Auslauf gehabt hatten und jetzt froh waren, sich endlich wieder richtig bewegen zu können.

Im Nu erreichten sie die Tennishalle. Aus dem Beutel heraus öffnete Bobby die Tür. Sie hüpften hinein. Basti Bong war noch mitten im Training. Er und sein Känguru waren schon stark verschwitzt. Bobby erkannte sofort, dass das Känguru, mit dem Basti trainierte, nicht sein Star Air Gordinski war. Während sie an der Wand entlang zu Nick hüpften, blickte Basti Bong einen Moment zu ihnen herüber und nickte knapp zur Begrüßung mit dem Kopf. Bobby tat dasselbe.

„Unglaublich", dachte er „Basti Bong hat mich gegrüßt."

Nick grinste ihn breit an, er war aufgestanden und machte ein paar Schritte auf Bobby zu.

„Ist ja irre", flüsterte er Bobby zu.

„Ich weiß", antwortete der, „zieh dir jetzt schnell die Schuhe aus und steig in den Beutel. Du musst aufpassen, die Kängurus sind von dem langen Sitzen ganz schön aufgedreht. Hier ist dein Schläger", sagte er, als Nick in dem Beutel des Weibchens saß.

Bobby nahm sich aus dem Netz einige Bälle und steckte sie in die Hosentaschen. Er warf einen kurzen Blick zu Basti Bong und bemerkte, dass der kurz zu ihnen rüber geschaut hatte. Offensichtlich kam es nicht sehr häufig vor, dass abends noch fremde Jungen in seiner Halle Tennis spielten.

Bobby sah verlegen zu Nick, und Basti Bong konzentrierte sich wieder auf die Bälle, die immer noch rasend schnell von der Ballmaschine durch die Luft geschossen wurden. Nick brachte das Weibchen mit einiger Mühe dazu, mit ihm um das Netz herumzuhüpfen. Vorbildlich artig blieb es auf der anderen Seite des Platzes in der Nähe des Netzes sitzen.

Als Bobby mit Little Champ auf seine Hälfte des Tennisplatzes hüpfen wollte, um den ersten Aufschlag zu machen, weigerte sich Little Champ plötzlich, stehen zu bleiben. Stattdessen hüpfte er unruhig von einem Bein auf das andere. Schon seit sie die Tennishalle betreten hatten, war das Känguru unruhig gewesen. Bobby bekam es allmählich mit der Angst zu tun, denn Little Champ wurde immer wilder. So hatte er sich noch nie aufgeführt. Verzweifelt versuchte Bobby, ihn durch gutes Zureden zu beruhigen. Aber Little Champ regte sich nur noch mehr auf und sprang bald völlig unkontrolliert auf Bobbys Hälfte des Tennisplatzes umher. Mit jedem Satz wurde das Känguru wilder. Während seine Sprünge immer höher und schneller wurden, bemerkte Bobby zu seinem Entsetzen, dass Basti Bong sein Känguru angehalten hatte und Little Champ bei seiner wilden Jagd quer über den Platz zusah.

„Oh, nein", dachte er verzweifelt und verdrehte gequält die Augen.

Bald wusste Bobby nicht mehr, wie ihm geschah. Den Tennisschläger hatte er längst verloren und auch die Bälle waren aus seinen Taschen gefallen. Sein Gesicht war noch weißer als die Tennisschuhe von Little Champ, während er immer schneller über den Tennisplatz jagte. Da erkannte Bobby mit Schrecken, dass er sich nicht mehr lange würde halten können. Jeden Moment würde er aus dem Beutel geschleudert werden.

So verrückt hatte sich Little Champ noch nie benommen. Was war bloß los mit ihm? Das waren die letzten Gedanken, die ihm durch den Kopf schossen, als Little Champ wild auf Basti Bong zuschoss, der immer noch im Beutel seines Kängurus saß. Plötzlich schlug Little Champ einen Haken nach rechts, und Bobby flog in hohem Bogen aus dem Beutel. Er klatschte wie ein reifer Apfel genau vor die Füße von Basti Bongs Känguru. Little Champ raste unbeeindruckt mit gewaltigen Sprüngen weiter quer durch die Tennishalle. Dass er Bobby verloren hatte, schien er gar nicht bemerkt zu haben. Er sprang mit riesigen Sätzen über die Netze hinweg und war wie von Sinnen.

Bobby hatte die Augen geschlossen. Sein ganzer Körper schmerzte entsetzlich und er konnte kaum Atem holen. Noch schlimmer als die Schmerzen lastete die Verzweiflung auf ihm. Er hatte versagt, denn er hatte Basti Bong nicht zeigen können, was Little Champ für ein feines Känguru war. Stattdessen hatte er sich bis auf die Knochen blamiert. Und Little Champ hatte seine große Chance, entdeckt zu werden, durch sein dummes Benehmen vertan. Weshalb hatte er nur solches Pech gehabt? Bobby versuchte, den Kopf zu heben, ließ ihn aber erschöpft wieder auf den harten Boden sinken. Einen Moment lang wollte er noch so liegen bleiben und nichts sehen. Am liebsten wäre er einfach im Erdboden versunken.

„Bist du in Ordnung, Junge?“, fragte plötzlich jemand in besorgtem Tonfall und riss ihn aus seinen trüben Gedanken.

Zögernd öffnete Bobby die Augen. Es half ja alles nichts, er konnte ja nicht ewig so liegen bleiben. Basti Bong war aus dem Beutel seines Kängurus geklettert und kniete neben ihm. Er sah sehr besorgt aus. Bobby war vor Enttäuschung und Schmerzen den Tränen nah. Mühsam hob er den Kopf.

„Ist nichts passiert“, keuchte er und allmählich fiel ihm das Atmen wieder etwas leichter.

„Kannst du dich hinsetzen?“, fragte Basti Bong, immer noch mit besorgtem Gesicht.

„Ich denke schon“, antwortete Bobby gequält, „es ist bestimmt nichts passiert. Es ist nicht das erste Mal, dass ich aus dem Beutel gefallen bin.“

Dabei setzte er sich langsam auf und besah sein Bein. Der Schmerz ließ allmählich nach. Seine Hose war zerrissen und ein Knie blutete. Wie es schien, hatte er sich aber nicht ernsthaft verletzt.

„Du hattest eine Menge Glück“, stellte Basti Bong fest.

Jetzt, da Bobby aufrecht saß, kehrte die Farbe in sein Gesicht zurück.

„Du wurdest mindestens zwei Meter durch die Luft geschleudert und bist dann wie ein Stein zu Boden gekracht. Wenn du unglücklich aufgekommen wärst, hättest du dir den Hals brechen können“, sagte er.

„Ja“, antwortete Bobby leise „ich hatte wohl wirklich großes Glück.“

Er seufzte leise. Lieber hätte er sich ein Bein oder einen Arm oder sonst was gebrochen, wenn Little Champ sich dafür nur zehn Minuten von seiner guten Seite gezeigt hätte. Jetzt war er zwar unverletzt, aber was nützte ihm das. All seine Mühe war umsonst gewesen.

„Ist das dein Känguru?“, fragte Basti Bong interessiert, nachdem Bobby wieder auf den Beinen war. Dabei wies er auf Little Champ, der sich zwar etwas beruhigt hatte, aber immer noch eifrig durch die Halle hüpfte.

„Nein“, erwiderte Bobby mit traurig gesenktem Kopf „es gehört meinem Vater und ich habe es mir ..., sagen wir mal, ausgeborgt.“

Basti Bong zog die Augenbrauen hoch.

„Ein wirklich außergewöhnliches Tier mit ganz fantastischen Bewegungen“, erklärte er fachmännisch.

„Ja, das ist er normalerweise“, sagte Bobby traurig, „was er da jetzt gerade tut, macht er sonst nie.“

„Ach, wirklich“, sagte Basti und zog die Augenbrauen hoch, „nun, vielleicht freut es sich nur seines Lebens. Es sieht mir so aus, als ob dieses Känguru unter akutem Bewegungsmangel gelitten hat. Hier in der Tennishalle konnte es sich dann nicht mehr beherrschen. Es musste einfach seine überschüssige Energie ablassen.“

„Das stimmt“, erwiderte Bobby, „der arme Little Champ konnte sich zwei Tage lang nicht austoben.

Er musste die ganze Zeit im Anhänger sitzen.

Sie verstehen wohl eine ganze Menge von Kängurus, wenn Sie das sofort gesehen haben."

Er staunte, dass Basti Bong die Situation sofort richtig eingeschätzt hatte und ärgerte sich zugleich, dass er nicht selbst darauf gekommen war.

„Na ja", antwortete Basti bescheiden, „ein bisschen verstehe ich wohl davon, das stimmt. Schließlich spiele ich seit vielen Jahren Tennis und sitze täglich in den Beuteln von acht oder neun Kängurus"

Während er sprach, hatte er immer noch seine Augen auf Little Champ gerichtet. Der schien sich mittlerweile genug ausgetobt zu haben. Er hüpfte jetzt in ganz normalem Tempo durch die Tennishalle und begann die fremde Umgebung zu erkunden. Dabei hielt er gelegentlich an und beschnüffelte den Hallenboden, einen leeren Schiedsrichterstuhl und ein Paar Tennisschuhe, das mit den Schnürsenkeln zusammengebunden war und an einem der Netze baumelte. Dann besah er sich die Ballmaschine, die mittlerweile aufgehört hatte, Bälle auszuspucken.

Bobby, dem die ganze Sache sehr peinlich war, rief nach Little Champ, um ihn nach seinem misslungenen Auftritt zurück in den Anhänger zu bringen. Das Känguru spitzte die Ohren und hüpfte dann zu Bobby.

„Würden Sie mir wohl helfen, ihn zurück zu unserem Anhänger zu bringen?", fragte er. „Ich möchte nicht noch einmal aus seinem Beutel fallen."

Basti Bong schwieg. Er war in Gedanken versunken.

„Herr Bong?"

„Wie? Ach ja", antwortete er, „du kannst ruhig Basti zu mir sagen."

„Ist gut“, erwiderte Bobby „Ich heiße übrigens Bobby. Bobby Modenia.“

Seine Laune besserte sich etwas. Schließlich konnte nicht jeder von sich behaupten, einen berühmten Tennisstar mit dem Vornamen anreden zu dürfen.

„Sag mal, Bobby“, begann Basti, „hättest du was dagegen, wenn wir die Ballmaschine noch einmal befüllen und ich mit deinem Little Champ einige Bälle schlagen würde?“

Bobby glaubte, sich verhört zu haben. Vielleicht war er doch mit dem Kopf härter aufgeschlagen, als er gedacht hatte. Zwar hatte Little Champ nur ein wenig Dampf abgelassen. Das änderte aber nichts an der Tatsache, dass ein gutes Tenniskänguru seinem Spieler stets zu gehorchen hatte. Und Little Champ hatte genau das nicht getan.

„Du willst – was?“, fragte er Basti ungläubig und sah ihn mit großen Augen an.

„Nun, ja“, wiederholte Basti „es scheint mir, als hätte dein Känguru sehr viel Talent, und ich würde gerne Mal den einen oder anderen Ball mit ihm schlagen. Natürlich nur, wenn es dir recht ist.“

„Natürlich ist mir das recht“, sprudelte es aus Bobby heraus, der kaum glauben konnte, was er da hörte. „Schlag nur so viele Bälle mit ihm, wie du möchtest, er ist in Topform, stimmt's Nick?“

Als Nick nicht antwortete, sah Bobby sich nach ihm um.“

„Nick?“

Während des ganzen Gesprächs mit Basti hatte Nick kein einziges Wort gesagt. Dann sah Bobby auch den Grund dafür. Nick saß wie versteinert und mit kreidebleichem Gesicht immer noch im Beutel des Weibchens auf der anderen Seite des Tennisplatzes und wagte es nicht, sich zu bewegen.

„Du kannst dich ruhig schon mit Little Champ vertraut machen“, sagte Bobby zu Basti, „ich helfe nur eben meinem Freund aus dem Kängurubeutel heraus. Dann können er und ich die Bälle einsammeln.“

Ohne eine Antwort von Basti abzuwarten, rannte er hinüber zu Nick. Der versuchte, Bobby anzulächeln, aber es wollte ihm nicht gelingen. Er stand immer noch unter Schock von dem gerade Erlebten.

Erst als Nick wieder auf den eigenen Füßen stand, lockerten sich seine Gesichtszüge.

„Oh Mann, Bobby, bin ich vielleicht froh, dass dir nichts passiert ist. Ich dachte, Little Champ bringt euch beide um. Ich habe noch nie ein Känguru so wild in die Luft springen sehen. In diesem Augenblick wurde mir auf einmal klar, dass meines ja genauso wild springen könnte, wenn es wollte. Bei dem Gedanken ist mir ganz schlecht geworden und ich hab mir gedacht, wenn ich mich ganz ruhig verhalte, dann bleibt es vielleicht einfach nur da sitzen.“

Während Nick weiter erzählte, hatte Basti Little Champ die Hand entgegengestreckt. Little Champ schnüffelte daran. Dann hob er seinen Schläger auf und setzte sich flink und geschmeidig in den Kängurubeutel.

Als Basti im Beutel saß, begann Little Champ, der bisher ganz still gestanden hatte, von neuem unruhig zu werden. Im Gegensatz zu Bobby versuchte Basti nicht, das Känguru mit sanfter Stimme zu beruhigen. Er wartete geduldig ab, ließ Little Champ eine Weile zappeln, und als es ihm zu viel wurde, schimpfte er ihn lauthals an: „Genug jetzt, benimm dich gefälligst, Bursche!“

Sofort erinnerte sich das sensible Känguru an seine gute Schule und saß prompt still. Dann lehnte sich Basti etwas nach vorn und Little Champ setzte sich artig in Bewegung. Wie ausgewechselt sprang er immer geradeaus an der Hallenwand entlang. Dann hüpfte er, so wie Basti es wollte, entweder große oder kleine Bögen, hielt an und sprang wieder los.

Bobby und Nick, die das alles mit ansahen, staunten mit offenen Mündern.

„Jetzt weißt du, weshalb der Mann schon so viele Turniere gewonnen hat“, flüsterte Bobby ehrfürchtig.

Nick nickte. Dann besann sich Bobby. Schließlich hatte er Basti versprochen, die Ballmaschine wieder anzuschalten. Gemeinsam sammelten die Freunde rasch die Bälle auf. Bobby schüttete sie in die Ballmaschine.

„Du kannst anfangen“, rief er Basti zu.

Der kam sofort mit Little Champ auf die andere Seite des Feldes gehüpft. Bobby schaltete die Maschine an und schon sauste ein Ball nach dem anderen durch die Luft. Ohne große Anleitung durch Basti sauste Little Champ auf dem Platz hin und her, so dass Basti die Bälle gut erreichen und zurückschlagen konnte.

Bobby, der am Rand stand, wippte im Rhythmus der Bewegungen des Kängurus mit seinen Knien. Er lehnte sich nach links und rechts, als würde er selbst im Kängurubeutel sitzen und das Tier lenken. Nick staunte. Basti erreichte mit Little Champ jeden Ball. Die beiden sahen so aus, als wären sie schon seit Jahren gemeinsam auf dem Tennisplatz unterwegs, als hätten sie ein Leben lang gemeinsam nichts anderes gemacht, als Tennis gespielt. Die Bälle sausten in alle Richtungen, doch Little Champ war schneller. Basti verfehlte nicht einen Ball.

Den Jungen kam es so vor, als hätte die Maschine gerade erst begonnen, Bälle auszuspucken. Doch mit einem Mal stand sie plötzlich still. Bevor Bobby und Nick fragen konnten, ob die Maschine noch einmal neu befüllt werden sollte, kam Basti zu ihnen gehüpft. Little Champ schnaufte ein wenig, sah aber ganz zufrieden aus. Basti sah ernst aus.

„Bobby, ich muss mit deinem Vater sprechen."

„Klar", antwortete Bobby, der durch den ernsten Ausdruck auf dem Gesicht von Basti verunsichert war.

„Was willst du denn von ihm?"

„Nun, ich werde ihm sagen, dass ihm das beste Tenniskänguru gehört, dass ich je gesehen habe und ihm ein Geschäft vorschlagen."

Bobby glaubte kaum, was er da hörte. Nick grinste breit über das ganze Gesicht.

„Wo ist er? Ich würde die Angelegenheit gern gleich mit ihm bereden."

Bobby schluckte, doch Nick half aus: „Er ist zu Hause auf seiner Farm, nehme ich an" erklärte er.

„Na, dann spreche ich eben mit deiner Mutter. Wo ist sie?"

„Meine Mutter ist noch viel weiter weg als mein Vater, sie lebt ganz im Süden von Quilong."

„Ja, aber", er stutzte, „wie seid ihr denn hergekommen? Ihr seid doch höchstens fünfzehn Jahre alt?"

„Ach", seufzte Bobby zufrieden, „das ist eine lange Geschichte."

Jetzt begannen sie, Basti alles von Anfang an zu erzählen. Wie sie die Idee hatten, ihm Little Champ zu zeigen, wie sie dann einfach das Auto und die beiden Kängurus genommen hatten und ausgerückt waren, obwohl Herr Modenia dagegen gewesen war. Wie sie am Fluss nicht weiterkamen und sich verirrt hatten, wie sie Gustav trafen und mit ihm durch den Tunnel gefahren waren. Die Geschichte der Jungen endete damit, dass sie erzählten, wie Gustav die Torwächterin dazu gebracht hatte, sie einzulassen, indem er ihr von seiner Verlobung mit Adelaide erzählt hatte.

Basti Bong staunte nicht schlecht.

„Und ihr seid wirklich den ganzen Weg allein gefahren?" Als die Jungen nickten, schaute er sie anerkennend an, sagte aber: „Ihr hättet natürlich nicht ohne die Erlaubnis eurer Eltern wegfahren dürfen. Aber– was ihr da geleistet habt, verdient schon ein wenig Respekt." Er lächelte.

„Nun, Bobby, du solltest jetzt sofort deinen Vater anrufen. Er ist sicher schon krank vor Sorge um euch."

Bobby stimmte zu. Natürlich mussten sie seinen Vater anrufen und ihm beichten, was sie getan hatten. Ganz wohl war ihm bei dem Gedanken aber nicht. Vermutlich würde Vance Modenia ihnen eine lange Rede halten und sie gehörig ausschimpfen.

„Sag mal, Basti", sagte er kleinlaut, „könntest du ihn nicht anrufen und ihm alles erklären? Ich meine, dich wird er garantiert nicht anschreien."

„Genau", pflichtete Nick ihm bei. Er hatte bereits erlebt, wie laut Herr Modenia schimpfen konnte, als sie vor kurzem bei einer wilden Kissenschlacht durch das ganze Haus seine Beutelpfeife kaputt gemacht hatten. Eine Beutelpfeife ist ein wunderschönes, dem schottischen Dudelsack ähnliches Musikinstrument.

Basti Bong lachte.

„Kein Problem. Am besten wird es sein, wenn ich sofort mit ihm rede. Wir können das Telefon hier in der Halle benutzen."

Dann hüpfte er von den Jungen gefolgt mit Little Champ zur Hallentür. Daneben hing das Telefon.

„Ähm", räusperte sich Nick, als Basti die Nummer, die ihm Bobby vorsagte, zu wählen begann, „kann man das Telefon vielleicht laut stellen, damit wir mithören können? Ich würde zu gerne hören, was Herr Modenia sagt, wenn er hört, mit wem er spricht."

„Das ist eine Superidee", stimmte Bobby seinem Freund begeistert zu.

Basti zögerte.

„Eigentlich gehört sich das nicht. Aber ich glaube, in diesem Fall geht es wohl in Ordnung. Oder meint ihr, Bobbys Vater hätte etwas dagegen?"

„Nein, nein, das hat er bestimmt nicht", versicherte Bobby aufrichtig.

Nachdem es in der Leitung nur ein einziges Mal gepiept hatte, war Vance Modenia am Apparat. Offensichtlich hatte er neben dem Telefon gesessen und einen Anruf erwartet. Kaum hatte Basti sich vorgestellt, wurde er rüde unterbrochen.

„Hab ich's doch gewusst", polterte der sonst so ruhige und freundliche Herr Modenia los. „Sie brauchen mir gar nichts zu erklären. Mein verlorener Sohn und sein Freund sind mit zweien meiner Kängurus bei Ihnen. Hab ich recht?"

„Ja, das haben sie", erklärte Basti „und ich möchte hinzufügen, dass sie alle vier heil und gesund bei mir angekommen sind."

Sie hörten Herrn Modenia erleichtert aufatmen. Noch bevor Basti weiter sprechen konnte, ergriff Herr Modenia wieder das Wort: „Herr Bong, was da passiert ist, tut mir entsetzlich leid. Ich hoffe, die Jungen haben Sie nicht zu sehr belästigt. Wissen Sie, im Grunde ist es ja meine Schuld. Ich hätte ahnen müssen, dass sie zu Ihnen fahren würden. Aber ich hatte die letzten Wochen so viel zu tun, dass ich auf die beiden nicht achten konnte. Na ja, und als sie fort waren, ging mir natürlich sofort ein Licht auf. Ich brauchte gar nicht erst in Little Champs Stall nachzusehen. Mir war klar, dass sie das Tier mitgenommen hatten, und ich wusste auch, wo sie hin wollten. Die zwei haben tatsächlich ihre verrückte Idee in die Tat umgesetzt, obwohl ich es ihnen ausdrücklich untersagt hatte. Ich bitte Sie nochmals um Entschuldigung für die Umstände, die wir Ihnen gemacht haben. Glauben Sie mir, sie werden angemessen bestraft werden."

Bobby und Nick senkten die Blicke, obwohl Bobby noch nie länger als zwei Tage Hausarrest bekommen hatte, selbst als sie die Beutelpfeife kaputt gemacht hatten.

Basti versuchte, Bobbys Vater zu beruhigen.

„Herr Modenia, sie brauchen sich nicht bei mir zu entschuldigen. Die Jungen haben mir keine Umstände gemacht", versicherte er Bobbys aufgeregtem Vater freundlich, „im Gegenteil, und sehen Sie, vielleicht haben die Jungen uns allen sogar einen Gefallen getan. Ich würde gern geschäftlich mit Ihnen sprechen."

„Oh", stammelte Vance Modenia, von dieser Neuigkeit wie vor den Kopf geschlagen. „Sie wollen mich geschäftlich sprechen?"

Vor Schreck schwieg er einen Augenblick, sammelte sich aber rasch, schließlich war er Geschäftsmann.

„Weshalb machen wir dann nicht gleich einen Termin aus? Wo habe ich denn nur wieder diesen verflixten Kalender hingetan? Sehen sie, ich kann wegen meines Zuchtbetriebes die Farm nicht so einfach verlassen ...“

Sie hörten, wie er auf seinem Schreibtisch kramte.

„Ah, da ist er ja. Hm, mal sehen. Also nächste Woche habe ich noch einige Termine frei. Was halten sie von Donnerstag? Vielleicht könnten wir uns irgendwo auf halben Weg treffen. Dann ist für uns beide der Weg nicht so weit. Und – seien Sie unbesorgt, was die Jungen angeht. Ich werde sofort meine Haushälterin losschicken, damit sie die Jungen und die Kängurus abholt.“

„Das klingt gut, aber nächste Woche muss ich zu Fotoaufnahmen für einen neuen Zahncremewerbespot an die Küste fahren. Was halten Sie davon, wenn ich meinen neuen Rennhubschrauber zu Ihnen rüber schicke, dann können wir noch heute Abend miteinander sprechen?“

„Ihren was? Ach, äh, sagten Sie Rennhubschrauber? Ja, ich weiß nicht recht. Ich bin noch nie geflogen, müssen Sie wissen. Und was ist, wenn in meiner Abwesenheit etwas mit meinen Tieren passiert? Sehen Sie, meine Haushälterin ist zwar eine ausgezeichnete Köchin, und sie hat meinen Sohn und mich auch ganz gut im Griff, aber von Kängurus hat sie, offen gesagt, keine Ahnung. Ich würde ihr nur ungern die Verantwortung für den Hof überlassen.“

„Machen sie sich um ihre Tiere keine Sorgen“, versicherte ihm Basti, „ich schicke Ihnen zwei meiner Pfleger. Während Sie auf den Hubschrauber warten, schreiben Sie denen genau auf, was zu tun ist.“

„Aber ich kann Ihnen doch nicht so viele Umstände machen. Das geht doch nicht", protestierte Herr Modenia.

Basti ließ sich von dessen Bedenken nicht beeindrucken: „Sie würden mir wirklich einen großen Gefallen tun, wenn Sie noch heute Abend kämen."

Bobbys Vater gab sich geschlagen. Schließlich war es kein Geringerer als Basti Bong, mit dem er da gerade sprach.

„Na, wenn das so ist, dann komme ich natürlich gern."

Herr Modenia erklärte Basti noch, wo er wohnte, dann legte Basti den Hörer auf. Danach kümmerte er sich um den Hubschrauber und die Pfleger. Nur wenige Minuten später dröhnten die Rotorblätter laut auf und zufrieden sahen sich die drei an.

„Das wäre erledigt", erklärte Basti. „Dein Vater wird in etwa drei Stunden hier sein", sagte er zu Bobby gewandt. „Wir sollten inzwischen die Kängurus versorgen und dann selbst zu Abend essen. Ich habe einen Riesenhunger."

So versorgten sie als erstes ihre Kängurus. Little Champ und das Weibchen bekamen zwei große Ställe mit Auslauf direkt nebeneinander. Während sie den Kängurus die Tennisschuhe auszogen, lachten und schwatzten sie, als wären sie alte Freunde. Trotzdem traute Bobby sich nicht zu fragen, was genau Basti mit seinem Vater besprechen wollte. Natürlich würde es um Little Champ gehen. Aber was wollte Basti? Etwa Little Champ kaufen? Da Bobby und Nick schon genug getan hatten, um Basti Bong und Little Champ überhaupt zusammenzubringen, beschloss Bobby, von jetzt ab den Dingen ihren Lauf zu lassen.

Nachdem sie die Kängurus gefüttert hatten, liefen

Bobby, Nick und Basti zum Haus von Tante Adelaide. Als sie sich dem weißen Holzhaus näherten, sahen sie Adelaide und Gustav auf der Hollywoodschaukel sitzen, die gemächlich vor und zurück schwang. Inzwischen war es dunkel. Gustav rauchte eine gebogene Pfeife und Adelaide entschuppte einen fetten Lachs. Als sie die Freunde näher kommen sahen, winkte Gustav ihnen entgegen. Von der Unsicherheit, die anfangs zwischen Gustav und Adelaide gestanden hatte, war nichts mehr zu spüren. Sie wirkten jetzt sehr vertraut, so, als wären sie enge Freunde.

Sie sprachen nicht lange miteinander. Adelaide wollte das Abendessen vorbereiten und Basti und die Jungen mussten dringend unter die Dusche. Basti ging zu seinem Haus, das am anderen Ende des Grundstücks lag. Adelaide zeigte Bobby und Nick das Gästezimmer und ging dann wieder nach unten in die Küche. Gustav wollte ihr beim Kochen helfen.

Als Adelaide die Treppe hinabstieg, waren Nick und Bobby endlich wieder allein. Nick hüpfte aufgeregt durch das Zimmer und sprang vor Freude von einem Bein auf das andere.

„Es hat geklappt!", rief er immer wieder, „wir haben es geschafft. Den ganzen Weg von eurer Farm bis hier her. Bis zu Basti Bong! Und jetzt will Basti auch noch mit deinem Vater sprechen! Es ist unglaublich!"

Bobby ließ sich von Nicks Begeisterung anstecken. Er tat es Nick gleich und tanzte ebenfalls ausgelassen durch das Zimmer. Die beiden sahen ziemlich albern aus. Vergessen waren all ihre Ängste und Sorgen. Sie hatten jetzt alles getan, was sie hatten tun können. Der Rest lag nun in den Händen von Vater Modenia und Basti.

Während Nick duschte und Bobby in der Badewanne lag, überlegten sie fieberhaft, was Basti und Vance Modenia an diesem Abend vereinbaren würden. Vielleicht wollte Basti Little Champ tatsächlich kaufen.

„Ich weiß nicht mal, ob Vater ihn überhaupt verkaufen würde“, sagte Bobby nachdenklich. „Schließlich ist er die Grundlage seiner Zucht. Er braucht ihn doch für seine Weibchen. Gut, er hat natürlich schon einige wohlgeratene Söhne von ihm, aber ob die mal genauso gut werden wie Little Champ, weiß man noch nicht.“

„Aber er soll ihn doch nicht an irgendwen verkaufen“, erwiderte Nick, „es geht hier doch schließlich um Basti Bong. Denk nur an die Werbung für deinen Vater, wenn Basti mit einem seiner Kängurus spielt. Ihr könntet reich werden!“

So überlegten sie hin und her, wie weit Bobbys Vater wohl gehen würde. Als sie sich gerade angezogen, klopfte es an ihre Zimmertür. Gustav steckte seinen Kopf ins Zimmer herein. Er lächelte verschmitzt. Sie ließen ihn gar nicht erst zu Wort kommen sondern sie erzählten ihm ganz ausführlich, was sich gerade in der Tennishalle zugetragen hatte. Als sie ihren Bericht beendet hatten, freute sich Gustav mit den Jungen.

Plötzlich fiel Nick ein, dass auch Gustav in der Zwischenzeit nicht untätig gewesen war. Er hatte endlich die Gelegenheit bekommen, nach all den Jahren mit Adelaide zu sprechen.

„Entschuldige Gustav, bei all der Aufregung haben wir ganz vergessen, dich nach deiner Unterredung mit Adelaide zu fragen“, sagte er etwas beschämt.

„Wie war es denn? Hat sie dir erzählt, weshalb sie damals einfach, ohne ein Wort zu sagen, gegangen ist?“

Gustav setzte sich auf eines der Betten und sah Nick durch seine dicken Brillengläser an.

„Ja, das hat sie“, erwiderte er und sah dabei gar nicht mehr so traurig aus wie noch vor wenigen Stunden.

„Es war allein meine Schuld“, erklärte er dann. „Sie sagte, dass sie es vollkommen ernst gemeint habe, als sie meinen Antrag annahm. Aber dann habe sie festgestellt, dass ich sie nie genauso angelächelt habe, wie ich Francesca anlächelte. Da sei ihr klar geworden, dass mein Herz Francesca und nicht ihr gehörte. Diesen Gedanken konnte sie nicht ertragen, deshalb sei sie gegangen. Auf Wiedersehen sagen konnte sie nicht, weil ihr Herz dabei so schmerzte.“

Bobby unterdrückte nur mühsam ein Lachen.

„Du meinst, sie war eifersüchtig auf deinen Fisch“, fragte er ungläubig.

„Nun“, entgegnete Gustav und hob ein wenig die Stimme, „Francesca war schließlich nicht irgend ein Fisch. Sie war von vornehmster Abstammung und ein äußerst sensibles Geschöpf. Ich verbrachte täglich mehrere Stunden bei ihr und schrieb Gedichte für sie, spielte ihr auf der Beutelpfeife vor oder putzte die Glasscheiben ihres Aquariums, damit sie immer alles gut sehen konnte. Zu Essen bekam sie natürlich nur das Beste. Ich habe immer selbst für sie gekocht. Normales Fischfutter vertrug sie überhaupt nicht. Es lag ihr immer schwer im Magen, dann war sie oft Tage lang unpässlich.“

Gustav sah zu Bobby.

„Ich kann Adelaide verstehen“, fuhr Gustav fort, „sie ist manchmal vielleicht wirklich ein bisschen zu kurz gekommen, aber Francesca war schließlich zuerst da!“

Bobby konnte sich jetzt nicht mehr beherrschen und fing laut an zu lachen. Was Gustav da gerade erzählt hatte, war einfach zu komisch, auch wenn es ihn ein wenig an die Probleme erinnerte, die seine Eltern miteinander hatten. Nick fiel in das Gelächter ein und schließlich lachte auch Gustav mit. Sie lachten, bis ihnen die Tränen liefen.

Nachdem sie sich wieder beruhigt hatten, schlug Gustav vor, zum Essen zu gehen. Ihnen war schon seit einer Weile der Geruch von gebratenem Fisch in die Nasen gestiegen.

„Wir sollten jetzt nach unten gehen, sonst wird der Fisch zu trocken. Und über verkochtes Essen regt sich Adelaide meist sehr auf, da ist nicht mit ihr zu spaßen“, erklärte er. „Sie sprach einmal eine ganze Woche nicht mit mir, weil ich mich um eine Stunde verspätet hatte und der Rochen mit Erbspüree an der Kruste nur ein klein wenig verkocht war. Dabei konnte ich überhaupt nichts dafür.

An diesem Tag hatte Francesca eine neue Pflanze für ihr Aquarium bekommen. Sie war von der Aufregung so verstört, dass ich sie unmöglich allein lassen konnte. Ich musste ihr stundenlang vorsingen, bis sie sich endlich beruhigt hatte, die arme Seele.

Jedes Mal, wenn ich geglaubt hatte, es ginge ihr etwas besser und ich mich davonschleichen wollte, regte sie sich von neuem auf. Ich musste ihr schließlich ein paar Tropfen Baldrian ins Aquarium träufeln, damit sie keinen Nervenzusammenbruch bekam. Das war vielleicht ein Drama, das könnt ihr mir glauben.“

10. Kapitel: Wie fast alles ausgeht

Als sie die geräumige Küche betraten, sah Bobby als sofort Clipper, den er bisher noch gar nicht vermisst hatte. Er hockte vor einer großen gepunkteten Schüssel und verspeiste genüsslich die Abfälle des großen Fisches. Basti deckte den Tisch und Adelaide rührte in einem Topf, während der Fisch in der Pfanne vor sich hin brutzelte.

„Ach, ihr kommt genau richtig", freute sich Adelaide, als sie die drei bemerkte. „Setzt euch doch, Basti hat den Tisch schon fertig gedeckt."

Sie gehorchten und schon trug Adelaide das Essen auf. Seit sie Gustavs Pizza gegessen hatten, war bereits eine geraume Zeit vergangen. Sie waren jetzt sehr hungrig.

Basti hatte nicht übertrieben, Adelaide verstand wirklich etwas vom Kochen. Sie aßen alle so viel, bis ihnen die Bäuche schmerzten. Als sie glaubten, keinen Bissen mehr essen zu können, zauberte Adelaide noch einen Stachelbeerkuchen aus dem Backofen hervor. Den konnten sie nun wirklich nicht stehen lassen und so verspeisten sie den leckeren Kuchen schließlich auch noch. Sie ließen nur ein winziges Stück für Bobbys Vater übrig. Dabei erzählte Basti, wie er als Kind mit dem Tennisspielen angefangen hatte. Wie er immer besser spielte und schließlich mit dreizehn das erste Mal seinen Vater besiegt hatte, der schon seit Jahren Tennis gespielt hatte. An diesem Tage hatten Vater und Sohn vor Freude geweint.

Bobby berichtete von seinem Vater und ihrer Farm und wie sich bei ihnen zu Hause alles um die Kängurus drehte. Zu guter Letzt erzählte Nick von seinen Ferien und dem angebohrten Zeh seines Vaters. Es war ein sehr netter Abend. Sie redeten und lachten, ohne müde zu werden. Und plötzlich hörten sie auch schon das Dröhnen der Rotorblätter des Rennhubschraubers.

„Ich habe am Landeplatz Bescheid gesagt, dass wir hier sind“, erklärte Basti, „der Nachtwächter wird deinem Vater den Weg zu uns zeigen.“

Gespannt warteten sie nun auf das Erscheinen von Vance Modenia. Bobby und Nick fürchteten sich ein wenig, denn bestimmt würde er ihnen früher oder später eine ordentliche Strafpredigt halten. Es dauerte gar nicht lange, da klopfte es an der Tür. Ein großer Mann mit dünnem schwarzen Schnauzbart und Uniform trat ein, gefolgt von Herrn Modenia.

„So, da sind wir“, sagte der Nachtwächter und trat zu Seite.

„Danke sehr, Fred“, rief Basti, und der Nachtwächter ging zurück nach draußen.

Vance Modenia trat an den Tisch und stellte sich einem nach dem anderen vor. Als er bei Nick und Bobby ankam, verdüsterte sich seine Miene. Sein sonst so freundliches Gesicht sah mit einem Mal überhaupt nicht mehr freundlich aus.

„Da haben wir ja die beiden Ausreißer“, sagte er und musterte die Jungen.

Die anderen im Raum schwiegen betreten, während Bobby und Nick sich immer unbehaglicher fühlten und schuldbewusst ihre Blicke senkten.

„Ihr wisst schon, dass ich mir um euch entsetzliche Sorgen gemacht habe?!?“, begann er mit finsterer Miene. „Nicht auszudenken, was euch alles hätte passieren können. Frau Bolle war außer sich vor Sorge. Ich konnte sie nur mit größter Mühe davon abhalten, die Polizei, die Feuerwehr und die Nationalgarde anzurufen. Natürlich musste ich auch Nicks Eltern von eurem Verschwinden in Kenntnis setzen. Es war mir sehr unangenehm, ihnen mitteilen zu müssen, dass ihr Sohn, den sie meiner Obhut überlassen hatten, verschwunden war. Ihr könnt froh sein, dass Herr Blib ans Telefon gegangen ist. Stellt euch bloß vor, wenn ich Frau Blib am Apparat gehabt hätte!"

Vance Modenias Stimme wurde immer lauter, während er sprach.

„Sie hätte das Verschwinden ihres einzigen Sohnes mit meinem Auto bestimmt nicht entschuldigt und mir die schlimmsten Vorwürfe gemacht."

So ging es eine ganze Weile weiter. Die Strafpredigt verfehlte ihre Wirkung nicht. Bobby und Nick hatten ein fürchterlich schlechtes Gewissen, weil sie nicht an die Gefühle ihrer Familien gedacht hatten. Sie hatten nur den Erfolg ihres Planes im Kopf gehabt, alles andere war ihnen egal gewesen. Obwohl sie sich schon schlecht genug fühlten, redete Herr Modenia weiter und weiter. Über Verantwortung, das Vertrauen, das er ihnen entgegen gebracht hatte, die Gefahr, in die sie sich und die überaus wertvollen Kängurus gebracht hatten, und was alles hätte schief gehen können.

Schließlich beendete er seine lange Rede und fügte abschließend hinzu: „Zum Glück ist euch nichts passiert. Ich bin sehr erleichtert, dass ihr alles gut überstanden habt. Macht so was bloß nie wieder, ihr Spitzbuben. Das müsst ihr mir versprechen!"

Bobby und Nick versprachen es. Das schien Herrn

Modenia zu genügen. Sein Gesicht nahm wieder den gewohnt freundlichen Ausdruck an.

Dann wandte er sich an die Erwachsenen und entschuldigte sich bei jedem Einzelnen für die Umstände, die Nick und Bobby verursacht hatten. Nachdem Basti, Gustav und Adelaide ihm versichert hatten, dass die Jungen überhaupt keine Umstände gemacht, sondern dass sie vielmehr deren Gesellschaft sehr genossen hätten, war Vance Modenia beruhigt. Erschöpft seufzte er auf und setzte sich zu ihnen in die Runde.

Adelaide machte ihm einen Teller Abendessen zurecht, und während Herr Modenia aß, erzählten die Jungen noch einmal genau jede Einzelheit ihrer abenteuerlichen Fahrt. Obwohl sie einfach ausgerissen waren, schien er doch stolz auf die beiden zu sein. Nicht zuletzt, weil sie an alles gedacht und es schließlich bis zu Basti Bong geschafft hatten. Dann sprachen Basti und Bobbys Vater über Tennis, Gustav und Adelaide unterhielten sich über die alten Zeiten in Althagenstein und Nick und Bobby versuchten, beiden Gesprächen gleichzeitig zu lauschen. Nach einer Weile stellte Herr Modenia überrascht fest, dass es schon lange nach Mitternacht war.

Adelaide verfügte über drei Gästezimmer und da der Pilot des Rennhubschraubers bereits schlafen gegangen war, lud sie die Modenias, Nick und Gustav ein, die Nacht in ihrem Haus zu verbringen. Natürlich brannten Bobby und Nick darauf zu erfahren, was Basti und Herr Modenia noch zu besprechen hatten. Aber Herr Modenia erklärte, es sei Zeit für sie, ins Bett zu gehen. Sie widersprachen ihm nicht. Trotz ihrer Neugier waren die beiden von den Aufregungen der letzten Tage entsetzlich müde.

Als sie aufstanden und nach oben gingen, schlossen sich Gustav und Adelaide an. So blieben Herr Modenia und Basti Bong allein in der Küche zurück. Clipper hatte sich bereits in einer Ecke der Küche zusammengerollt und schnarchte leise. Einen Augenblick lang überlegte Bobby, ob er nicht wieder nach unten schleichen sollte, um den Vater und Basti zu belauschen. Nick wollte davon nichts wissen, denn so etwas tue man nun wirklich nicht, meinte er. Bobby sah ein, dass Nick Recht hatte. Sie stiegen also völlig erschöpft in ihre Betten und schliefen sofort ein.

Die Sonne war noch nicht aufgegangen, als Vance Modenia an ihre Tür klopfte.

„Aufstehen, ihr zwei Schlafmützen“, rief er fröhlich und betrat das Zimmer. Nick sah ihn mit dem Abdruck seines Kopfkissens auf der linken Wange aus winzigen Augen ungläubig an. Wie konnte jemand so früh morgens derart fröhlich sein?

„Das ist ja fürchterlich“, dachte er bei sich.

Er ließ seinen Kopf zurück auf das Kissen sinken und schloss die Augen. Doch Herr Modenia kannte keine Gnade. Er lief zum Fenster und zog schwungvoll die Vorhänge zurück. Heller wurde es davon nicht im Zimmer, denn draußen war es noch immer stockfinster. Nicht einmal die Vögel hatten mit ihrem allmorgendlichen Gezwitscher begonnen.

„Guten Morgen Nick, guten Morgen, Bobby“, flötete er.

Auch Bobby knurrte leise in sein Kissen, warf dann aber die Bettdecke zurück und setzte sich auf. Er kannte seinen Vater besser. Der Mann brauchte ausgesprochen wenig Schlaf, und er hatte kein Verständnis für die armen Seelen, die etwas mehr davon benötigten als er. Widerstand war bei ihm zwecklos, Bobby wusste das. Während er missmutig aus dem warmen, kuscheligen Bett krabbelte, fragte er seinen Vater gähnend: „Warum müssen wir denn so früh aufstehen? Ist irgendwas passiert?“

„Nein, es ist nichts passiert“, erklärte der Vater, „aber wir haben noch einen langen Weg vor uns. Daher habe ich beschlossen, früh aufzubrechen.“

„Aufbrechen?“, Bobby schaute seinen Vater verdutzt an.

„Natürlich, aufbrechen“, erwiderte der, „wir müssen doch zurück. Nach Hause. Oder dachtest du, wir würden für immer hier bleiben?“

Ein wenig enttäuscht maulte Bobby: „Können wir nicht noch ein bisschen bleiben? Ich würde Basti so gerne beim Training zusehen und mich mit ihm unterhalten. Er ist doch so nett.“

„Da hättest du früher aufstehen müssen“, entgegnete Herr Modenia und begann, die Rucksäcke der Jungen einzuräumen, „Basti Bong ist schon vor einer halben Stunde abgereist. Er ist auf dem Weg zum Dreh eines neuen Werbespots. Er wirbt für eine Rasierseife, glaube ich.“

„Zahncreme, nicht Rasierseife“, knurrte Nick in sein Kissen und stand dann ebenfalls langsam und träge, wie ein altes Nilpferd, auf. „Er wirbt für ‚Schneeweiß‘-Zahncreme. Sagen sie bloß, sie kennen die Werbung nicht?“

Vance Modenia zuckte gelassen mit den Schultern. Zu Nicks Entsetzen hatte er die Werbung wirklich noch nie gesehen.

Ehe die Jungen begriffen, wie ihnen geschah, saßen sie auch schon in Vance Modenias Laster und fuhren den Schotterweg zurück zu dem großen Tor. Diesmal saß natürlich Bobbys Vater am Steuer. Sie hatten sich von Gustav nicht verabschieden können, da er in aller Frühe aufgestanden war, um für Adelaide einen Strauß Blumen zu pflücken. Er wollte noch einige Tage bleiben und zum ersten Mal seit vielen Jahren Urlaub machen. Deshalb hatten sie ihm eilig einen Brief geschrieben. Darin hatten sie sich für seine Hilfe bedankt und ihn eingeladen, sie doch einmal in den Ferien zu besuchen. Den Brief würde Adelaide übergeben. Die hatte ihnen, auf der weiß gestrichenen Veranda ihres Hauses stehend, fröhlich nachgewinkt, als sie abfuhren.

Wieder waren sie mit reichlich Proviant ausgestattet worden, und nachdem die Jungen gefrühstückt hatten, fiel Bobby plötzlich die geschäftliche Besprechung seines Vaters mit Basti Bong wieder ein. Er hatte sie völlig vergessen.

„Was wollte denn Basti mit dir gestern Abend noch besprechen?“, fragte er seinen Vater neugierig.

„Sie haben ihm doch nicht etwa Little Champ verkauft, ohne uns das zu erzählen?“, schoss es aus Nick heraus, noch bevor Herr Modenia etwas sagen konnte. Er schaute nach hinten, sah aber nur den Anhänger. Hineinschauen konnte er vom Auto aus nicht, denn die Fenster des Anhängers waren seitlich angebracht.

„Nein, ich habe ihm Little Champ nicht verkauft“ erklärte Herr Modenia. „Obwohl er mir ein großzügiges Angebot gemacht hat“, fügte er voller Stolz hinzu.

„Du hast ihn nicht verkauft?“, schrie Bobby entsetzt. Er konnte nicht glauben, was er da hörte. „Aber warum denn nicht? Du hast doch immer davon gesprochen, dass er ein Känguru wie Little Champ haben müsste. Bei jedem der Spiele, die wir gemeinsam im Fernsehen gesehen haben, hast du über seine Kängurus gemeckert. Hast immer gesagt, mit Little Champ wäre er noch besser.“

„Das stimmt schon“, erwiderte sein Vater. „Aber ich brauche Little Champ doch für unsere Zucht. Ohne ihn könnten wir nicht existieren. Die anderen männlichen Kängurus, ja, selbst die meisten seiner Söhne, sind nicht so perfekt wie er. Bei Little Champ stimmt einfach alles, die Anatomie, die Bewegungen und der Charakter. Es wäre jammerschade, so tolle Erbanlagen allein an den Sport zu verschwenden. Little Champ muss unbedingt weitere Nachkommen haben. Weißt du, wenn du einmal so ein Känguru wie Little Champ gezüchtet hast, dann kannst du das nie wieder hergeben. Zu keinem Preis.“

Bobby schluckte. Nick seufzte und verdrehte die Augen. Gewiss machte Herr Modenia nur einen Scherz, würde ihnen gleich lachend erklären, dass sich in dem Anhänger nur das Weibchen befand und Little Champ noch immer im Stall von Basti Bong saß. Aber Vance Modenia schwieg und hielt seinen Blick auf die Straße gerichtet.

„Dann war also alles, was wir getan haben, umsonst? Der berühmte Basti Bong macht Ihnen ein Angebot, und Sie lehnen es ab?“

Ungläubig sah Nick Bobbys Vater an, als ob dieser den Verstand verloren hätte. Der richtete seinen Blick jetzt auf die Jungen und erklärte mit strenger Stimme.

„Obwohl ihr erst gar nicht ohne meine Erlaubnis hättet losfahren dürfen, kann ich euch beruhigen. Was ihr getan habt, war nicht umsonst, es ist nicht ohne Folgen geblieben“, erklärte er geheimnisvoll.

„Was soll das heißen?“, fragte Bobby ungeduldig.

„Das werdet ihr noch früh genug erfahren“, antwortete der Vater und lachte verschmitzt.

„Du willst uns nicht verraten, was du nun mit Basti vereinbart hast?“, fragte Bobby seinen Vater misstrauisch.

„Genau so ist es“, erwiderte der genüsslich, „Strafe muss sein. Ihr werdet es früh genug erfahren, was genau Herr Bong und ich vereinbart haben. Und ihr werdet ganz schön staunen, wenn es so weit ist, das verspreche ich euch.“

Obwohl Nick und Bobby heftig protestierten und erklärten, dass das nicht fair sei, blieb dieser bei seinem Entschluss und verriet nichts. Da konnten sie Herrn Modenia immer wieder aufs Neue mit Fragen löchern, der blieb stur. Nach einer Weile erkannten sie, dass es zwecklos war und gaben schließlich auf. So sprachen sie stattdessen über das sonnige Wetter und die schöne Landschaft, und die Fahrt verging sehr schnell.

Plötzlich fiel Nick die Brücke ein, die im Fluss versunken war und derentwegen sie sich auf dem Hinweg verfahren hatten. Doch Bobbys Vater beruhigte ihn. Der Pilot von Basti Bong hatte ihm gesagt, dass die Brücke mittlerweile wieder befahrbar sei. Er hatte es, als er Herrn Modenia abholen kam, selbst vom Hubschrauber aus gesehen. Sie hatte etwas an Schönheit eingebüßt, aber gehalten.

Kurze Zeit später konnten sie die Brücke bereits sehen. Sie fuhren darüber. Unter der Straße ergoss sich der gewaltige Fluss, der immer noch stark angeschwollen war. Das Wasser hatte sich von dem vielen Schlamm, den es transportierte, bräunlich grün verfärbt, sah aber friedlich aus. Jetzt, da sie die Brücke sahen, konnten Bobby und Nick kaum glauben, dass diese noch vor nur einem Tag komplett unter Wasser gestanden hatte.

Dann zeigten sie Herrn Modenia, wo sie nach Westen abgebogen waren. Und sie erzählten ihm noch einmal, wie sie, als sie überhaupt keine Ahnung mehr hatten, wo sie sich befanden, irgendwann die verlassene Seniorenresidenz entdeckt und Gustav getroffen hatten.

Die Sonne schien ihnen entgegen und sie fuhren und fuhren. Bobby dachte über die vergangenen Tage nach, und er überlegte fieberhaft, was sein Vater wohl mit Basti Bong vereinbart haben konnte. Dann fiel ihm ein, dass Basti Bong doch bis heute ausschließlich mit den Kängurus aus der Zucht seines Onkels, gespielt hatte. Ja, und dieser Onkel war doch der Ehemann von Adelaide Bong. Bobby wunderte sich, denn diesen Ehemann hatten sie gestern nicht zu Gesicht bekommen. Irgendwann fragte er, nachdem ihm dafür keine Erklärung einfallen wollte: „Was ist eigentlich mit Adelaides Mann? Warum haben wir den gestern Abend nicht gesehen? War er gar nicht da, oder hatte er nur keine Lust uns zu treffen?“

„Keine Ahnung“, gähnte Nick, der wegen des ungewohnt frühen Aufstehens immer noch müde war.

Bobbys Vater kannte die Antwort auf die Frage.

„Er war nicht da, weil er einige Zeit in einer Spezialklinik verbringen muss“, sagte er.

„Und wie kommt es, dass sich Basti plötzlich auch

für Kängurus von anderen Züchtern interessiert?", hakte Bobby nach.

„Das ist eine traurige Geschichte", erklärte sein Vater. „Basti hat immer nur dessen Kängurus gekauft, weil er der Mann seiner Tante ist. Die beiden haben vor etlichen Jahren in den Bau eines Altenheims investiert und alles Geld verloren, das sie hatten. Alles, was ihm geblieben war, waren seine Kängurus. Er war damals schon ein bekannter Züchter. Die arme Adelaide dagegen hatte ihre gesamten Ersparnisse verloren. Bis auf die Känguruzucht war den beiden nichts geblieben. Nicht einmal mehr ein eigenes Dach über dem Kopf hatten sie.

Um ihnen zu helfen, beschloss Herr Bong ausschließlich vom Mann seiner Tante Tiere zu kaufen. Adelaide und ihr Mann waren viel zu stolz, um sich von ihm Geld zu leihen. Sie lehnten jede andere Hilfe ab. Durch den Verkauf der Kängurus kamen die beiden finanziell wieder auf die Beine, ohne dass sie ihre Gesichter verloren."

„Und weshalb macht Basti jetzt Geschäfte mit dir?" fragte Bobby ungeduldig.

„Na ja, das ist ja das Traurige an der Geschichte" fuhr Herr Modenia fort, „all die Jahre brachte es Herr Bong nicht übers Herz, anderswo Kängurus zu kaufen, obwohl Adelaide und ihr Mann sich von ihrer Pleite längst erholt hatten. Sie glaubten doch, dass Herr Bong wirklich aus Überzeugung ausschließlich ihre Tiere nahm. Nun aber ist Adelaides Mann erblindet. Er selbst kann nicht mehr sehen, wie die Kängurus aussehen, mit denen Basti seine Turniere gewinnt. Für Adelaide gleicht ein Känguru dem anderen, sie hat von Kängurus keine Ahnung. Die beiden glauben also immer noch, dass Basti ausschließlich bei ihnen kauft, obwohl er schon seit einiger Zeit auch anderswo Tiere gekauft hat. Die Kängurus von Tante und Onkel kauft er natürlich weiterhin, damit die beiden den Schwindel nicht bemerken. Es würde ihnen auf ihre alten Tage sicher sehr wehtun, wenn sie die Wahrheit erfahren würden, und deshalb lässt Basti sie in ihrem Glauben."

„Das ist ja nett von ihm", staunte Nick, der trotz seiner Müdigkeit aufmerksam zugehört hatte.

„Aber was will Adelaides Mann denn in einer Klinik, wenn er doch eh blind ist und nichts mehr sehen kann?", wunderte sich Bobby.

„Nun, er macht sich mit seiner neuen Blindenhyäne vertraut. Eine Blindenhyäne ist eine Hyäne, die einem blinden Menschen hilft, seinen Alltag zu bewerkstelligen. Sie holt ihm seine Pantoffeln und begleitet ihn, wohin er geht, so dass er sich nicht mehr verläuft", erklärte Vance Modenia. „Und das dauert nun mal einige Wochen, bis Herr und Hyäne sich aneinander gewöhnt haben."

Bobby und Nick begriffen und nickten einvernehmlich. Natürlich, so etwas dauerte seine Zeit.

Der Rest der Fahrt verlief ohne weitere Zwischenfälle. Allmählich wechselte das Landschaftsbild um sie herum, die Hügel wurden flacher und der Mischwald lichtete sich zunehmend. Schon bald fuhren sie durch das ihnen vertraute Grasland und die Verkehrsschilder zeigten die Entfernung nach Canaria an, die immer geringer wurde. Sie hielten nur einmal an, um zu tanken. Während Bobbys Vater zahlte, kontrollierten Bobby und Nick, ob sich Little Champ auch wirklich im Anhänger befand. Sie sahen in die kleine Klappe am Bug des Anhängers, und tatsächlich saß drinnen Little Champ neben dem Weibchen und kaute an einem Strohbüschel.

Da Herr Modenia schnell nach Hause wollte, fuhren sie den ganzen Tag weiter und erreichten die Farm der Modenias, als die Sonne schon untergegangen und es draußen tiefdunkle Nacht war.

11. Kapitel: Des Rätsels Lösung

In dem großen Haus brannte kein Licht. Das kam ihnen sehr merkwürdig vor. Herr Modenia versorgte die Kängurus, die nach der langen Fahrt erschöpft waren, und Bobby und Nick trugen ihre Sachen ins Haus. Sie hatten erwartet, auf eine völlig aufgelöste Frau Bolle zu treffen. Aber von Frau Bolle fehlte jede Spur.

„Wo kann sie bloß sein?", wunderte sich Bobby und lief suchend von der Küche ins Wohnzimmer. Frau Bolle war eine äußerst neugierige Person, und Bobby konnte sich einfach nicht vorstellen, dass sie an einem Tag wie diesem schlafen gegangen sei. Sie hatte doch gewusst, dass die drei im Laufe des späten Abends zu Hause ankommen würden. Nick war besonders enttäuscht, denn er hatte sich seit Stunden auf eine üppige Mahlzeit gefreut. Doch die Küche war verwaist und auf dem Herd brutzelte kein Abendessen.

„Vielleicht liegt sie doch schon im Bett", überlegte Bobby. Immerhin war es schon sehr spät.

Sie beschlossen, nach oben zu gehen und dort nachzusehen. Bereits auf der Treppe drang ihnen eine vertraute Melodie ins Ohr, die aus Bobbys Zimmer kam. Die Jungen sahen einander an und dann ahnten sie es beide gleichzeitig. Sie rannten den Rest der Treppe hinauf und stürzten in Bobbys Zimmer.

Und da saß Frau Bolle, mitten auf Bobbys Bett. Der Staubwedel lag noch neben ihr und konzentriert drückte sie mit ihren knorrigen Fingern auf dem Kontrollteil von Bobbys Videospiel herum. Sie hatte die

Jungen nicht einmal bemerkt, so gebannt starrte sie auf den Bildschirm. Frau Bolle hatte als Gegner für den Killerkannibalen den Charakter der pingeligen Putzfrau Penelope gewählt. Gerade war sie dabei, dem Killerkannibalen, der ihr die Hälfte des rechten Ohres abgebissen hatte, immer wieder mit dem Stiel ihres Staubwedels ins Auge zu stechen. Mit der freien Hand sprühte Penelope dem Kannibalen Glasreiniger ins Gesicht, woraufhin der tobte, schrie und immer hartnäckiger versuchte, ihr den Kopf abzubeißen.

Bobby sah auf den Bildschirm und staunte. Es war schon genug, dass die alte Haushälterin, die immer über Computerspiele und deren Brutalität geschimpft hatte, jetzt selbst eines der schlimmsten Spiele spielte. Dazu kam noch, dass sie ausgesprochen gut darin war, denn Bobby erkannte, dass sie bereits im zweiunddreißigsten Level war und bald den Endgegner treffen würde. Er selbst hatte es nur bis in den zwanzigsten geschafft.

Als Frau Bolle die beiden doch noch bemerkte, sah sie nicht zu ihnen auf, sondern starrte weiter auf ihr Spiel, als sie sie begrüßte. Verlegen sagte sie dann: „Ich wollte das eigentlich gar nicht spielen. Ich bin bloß hier hoch gekommen, um Staub zu wischen, weil ich doch so aufgeregt war und nicht wusste, was ich bis zu eurer Ankunft sonst tun sollte."

„Na ja, vielleicht hätten sie für uns das Abendessen kochen können", grummelte Nick. „Das wollte ich ja auch", jammerte sie, aber als ich die verdammte Kiste anhob, um darunter Staub zu wischen, muss ich diese Höllenmaschine versehentlich eingeschaltet haben. Und weil mich dieser fiese Kerl", dabei wies sie auf den Kannibalen Kurt, „immer wieder so frech angeschimpft hat, habe ich beschlossen, ihm Manieren beizubringen. Ich hatte ja keine Ahnung, dass so ein Spiel derart lange geht“, fügte sie bedauernd hinzu. „Aber ich kann doch jetzt unmöglich aufhören, wo ich diesen hässlichen Fiesling fast besiegt habe.“

Die Jungen setzten sich neben sie auf das Bett und sahen zu, wie Penelope dem Kannibalen jetzt mit dem Staubsauger zusetzte. So saßen sie noch da, als Herr Modenia, der sich ebenfalls gewundert hatte, dass es nichts zu essen gab, das Zimmer betrat. Frau Bolle spielte noch bis tief in die Nacht hinein weiter und tatsächlich schaffte sie das Unmögliche: Sie besiegte Kurt den Kannibalen.

Nick verbrachte noch den Rest der Ferien bei den Modenias. So sehr die beiden Jungen es auch versuchten, Bobbys Vater verriet ihnen nicht, was er mit Basti Bong verabredet hatte. Eine Veränderung, die Herr Modenia nicht vor ihnen verbergen konnte, gab es aber dennoch. Er stellte endlich einen neuen Mitarbeiter ein. Basti Bongs Pfleger hatten sich so gut um seine Kängurus gekümmert, dass er sich einen Ruck gegeben und einen jungen Mann namens Billy Thomas ausgewählt hatte. Billy hatte lange Zeit auf der Känguru-Rennbahn gearbeitet und er war zudem leidenschaftlicher Tennisspieler.

Jetzt hatte Vance Modenia zum ersten Mal seit langem wieder etwas Zeit für sich selbst. Da er seine Kängurus bei Billy in guten Händen wusste, ging er von nun an einmal pro Woche zum Wasserballettunterricht. Denn er hatte sich schon eine ganze Weile lang beklagt, dass er mit zunehmendem Alter immer ungelenkiger geworden war. Auch traf man ihn jetzt abends gelegentlich im „Durstigen Bruder“ bei einer Partie Karten an.

Draußen war es kühl geworden und es regnete häufiger. Daher verbrachten Bobby und Nick den Rest der Ferien die meiste Zeit im Haus. Sie versuchten ebenfalls nach Kräften, den Kannibalen Kurt zu besiegen, aber es gelang ihnen nicht, so sehr sie sich auch abmühten. Frau Bolle ließ es sich natürlich nicht nehmen, wann immer sie ihnen einen Teller mit Keksen oder eine Kanne Fencheltee brachte, ihnen Tipps zu geben, aber weder der Tee, die Kekse noch ihre Ratschläge halfen. Es gelang ihnen nicht, den Kannibalen zu besiegen.

Eines Tages stand plötzlich die Familie Blib vor der Tür. Nicks Vater war im Krankenhaus so gut gepflegt worden, dass es seinem ramponierten Zeh wieder gut ging und auch die Erkältung hatte er auskuriert. Die Verpflegung war so gut gewesen, dass sein Bauch kein bisschen geschrumpft war. Aber er sah glücklich und gut erholt aus, wenngleich sein rechter Fuß noch immer in einem dicken Verband steckte.

Auch Nicks Mutter und Schwester hatten sich sichtlich erholt. Beide sahen frisch und entspannt aus und sie hatten Frisuren nach der neuesten Mode, vorne trug man das Haar dieses Jahr ein bisschen länger als hinten. Die Blibs blieben zum Abendessen und erzählten, was sie noch alles erlebt hatten und Bobby und Nick hörten gespannt zu. Von ihrem eigenen Abenteuer sprachen sie nicht. Herr Blib und Nick hatten sich geeinigt, dass die ganze Sache ihr Geheimnis bleiben sollte. Schließlich wollten sie nicht Schuld daran sein, dass die gut erholte

Frau Blib gleich erneut Ferien bräuchte. Nach dem Essen holte Nick sein Gepäck und fuhr mit seiner Familie nach Hause und plötzlich war Bobby wieder allein.

Alles nahm dann seinen gewohnten Lauf. Als auch die Schule längst wieder angefangen hatte, war für Bobby das Geschäft seines Vaters mit Basti Bong fast vergessen.

Eines Nachmittags kam er besonders spät aus der Schule. Es war ein Dienstag, und dienstags hatte er auch nachmittags Unterricht. Nick und Bobby mussten in diesem Jahr am Hauswirtschaftsunterricht teilnehmen. Erschöpft warf er seinen Beutel mit dem Strickzeug auf das Bett. Dabei fiel ein sorgfältig gestrickter Topflappen heraus. Seufzend räumte er den Beutel wieder ein und begutachtete dabei seine Arbeit. Im Unterricht jaulte und stöhnte er mit den anderen Jungen, wenn sie stricken mussten, aber insgeheim machte es ihm richtig Spaß. Gerade legte er das Matheheft auf den Tisch, als sein Vater ihn aufgeregt nach unten rief. Bobby war glücklich vom Stuhl aufgesprungen und nach unten gerannt, denn Mathe konnte er wirklich nicht ausstehen

„Sieh doch nur“, rief sein Vater, „Basti Bong ist im Fernsehen. Das ‚Quilong Open Turnier‘ fängt gleich an. Es ist sein erstes Spiel in der neuen Saison.“

Natürlich freute sich Bobby, Basti im Fernsehen zu sehen, aber die Vorrundenspiele würde Basti sowieso gewinnen.

„Ach, du weißt doch, dass mir das zu langweilig ist, wenn doch feststeht, dass Basti gewinnt“, stöhnte er. Dann dachte er an seine Matheaufgaben und setzte sich zufrieden auf das Sofa. ‚Besser als Mathe ist es in jedem Fall', dachte er sich und legte genüsslich die Füße auf den Tisch.

„Lauf doch schnell noch nach draußen und hole Billy, der möchte das Spiel auch sehen", sagte der Vater.

Bobby gehorchte und fand Billy wenig später in einem der Ställe, wo er gerade dabei war, einem Känguru die Krallen zu schneiden. Als er Bobby bemerkte, sah er überrascht auf seine Taschenuhr: „Hat das Spiel etwa schon angefangen?"

Bobby, der völlig außer Atem war, weil er so schnell gerannt war, nickte.

„Komm mit, Bobby, du willst doch bestimmt nichts verpassen!"

Noch ehe Bobby etwas antworten konnte, rannte Billy auch schon zum Haus zurück, und Bobby blieb nichts anderes übrig, als ihm eilig zu folgen.

Als sie wieder das Wohnzimmer betraten saß sogar Frau Bolle auf dem Sofa. Für gewöhnlich interessierte sie sich nicht für Tennis, aber diesmal starrte auch sie gebannt auf den Bildschirm. Basti lag bereits leicht in Führung.

„Na, wie macht sich unser Little Champ?", fragte Billy während er sich zu Frau Bolle setzte.

„Er zeigt sich von seiner besten Seite, hab bis jetzt noch keinen Fehler gesehen", antwortete Herr Modenia stolz, ließ dabei den Fernseher aber nicht aus den Augen.

Plötzlich begriff Bobby, warum sie alle so versessen auf dieses Spiel gewesen waren. Und tatsächlich, als die Kamera näher an Basti heranfuhr erkannte auch Bobby ihren Little Champ.

Jetzt verstand er gar nichts mehr.

„Wieso spielt Basti denn mit unserem Little

Champ?“, rief er aufgeregt. „Du hast doch selbst gesagt, er müsse in der Zucht bleiben und dürfe nicht für den Sport geopfert werden. Du wolltest ihn doch behalten. Wieso hast du das Angebot von Basti jetzt doch angenommen?“

Bobby war außer sich.

„Ich habe es nicht angenommen“, erklärte sein Vater mit Blick auf den Fernseher, „Little Champ gehört immer noch uns. Ich habe ihn Herrn Bong bloß vermietet.“

„Vermietet?“

Bobby glaubte, er habe sich verhört. „Aber man vermietet doch keine Kängurus! Das ist doch totaler Quatsch.“

„Siehst du“, fuhr Vance Modenia fort, „es ist ganz einfach: Basti Bong braucht Little Champ für seine großen Turniere und ich brauche ihn für die Zucht. Ich bin mit ihm übereingekommen, dass Little Champ beide dieser Aufgaben bewältigen kann. Er wird die meiste Zeit hier bei uns sein, aber wenn ein wichtiges Turnier ansteht, bekommt ihn Herr Bong. Als du gestern in der Schule warst, hat ihn ein Hubschrauber abgeholt und zu Herrn Bong gebracht.“

Langsam begriff Bobby. Little Champ würde ihnen weiterhin zur Verfügung stehen und er würde mit Bastis Hilfe berühmt werden. Er konnte es kaum glauben. Dann war ihre Reise ja doch ein voller Erfolg gewesen.

„Zum Endspiel werden wir hinfahren und als Basti Bongs Ehrengäste ganz vorne auf der Tribüne sitzen“, sagte Bobbys Vater stolz, während Basti gerade den ersten Satz gewann.

„Das ist nicht dein Ernst?“, fragte Bobby skeptisch.

„Doch, das ist mein voller Ernst", erklärte sein Vater mit wichtiger Miene. „Frau Bolle wird uns begleiten und Nick darf natürlich auch mitkommen, wir haben vier Karten."

Vance Modenia redete weiter, aber Bobby hörte nichts mehr. Er konnte es nicht fassen. Zum ersten Mal in seinem Leben würde er mit seinem Vater eine Reise machen. Sie würden Basti und Little Champ im Endspiel sehen. Wenn Basti das Endspiel gewönne, und daran hatte er keinen Zweifel, dann würde Little Champ berühmt werden. Er sah wieder das Bild vor Augen, das er schon einmal gesehen hatte: Sein Vater stand neben Basti und Little Champ auf dem Turnierplatz. Die beiden Männer strahlten über ihre ganzen Gesichter, sie waren umringt von Zuschauern und Reportern, die alle laut klatschten und riefen. Dann hob Bobbys Vater den großen golden Pokal in die Höhe, den Basti und Little Champ gerade gewonnen hatten.

Aber dieses Mal wusste Bobby, dass sein Traum wahr werden würde. Nick und er hatten es geschafft. Er stand auf und lief in den Flur, um Nick anzurufen.

* * *

Die Autorin Michaela Neumann, am 25. August 1972 in Berlin geboren, begann 1995, Jura zu studieren. Nach dem Abschluss des Studiums war sie als Referendarin tätig und legte im August 2003 die Zweite Juristische Staatsprüfung ab. Als Michaela Neumann auf die Ergebnisse dieser Prüfung wartete, entschloss sie sich endlich, einen lange gehegten Traum in die Tat umzusetzen - dieses Kinderbuch zu schreiben.
Die passionierte Reiterin lebt mit ihrem Mann in Berlin. Im Januar 2006 kam ihr erstes gemeinsames Kind zur Welt.

Diplom Kommunikationsdesigner Bela Sobottke ist seit Juni 2000 mit seinem Büro 2WERK Grafik in Berlin selbständig tätig. Zu seinen Veröffentlichungen gehören neben diversen Geschäftsausstattungen, Anzeigen und anderen Werbemitteln auch Illustrationen, Comic-Strips und Independent Comics. Er hat für diesen Band die Zeichnungen und die Gestaltung des Buchumschlages übernommen.

Illustrierte Kinder- und Jugendbücher im Turmhut-Verlag:

Verena Zeltner: Max und Tippitu, 2004

Verena Zeltner: Baumkind, Traumkind, Sternenkind, 2006

Elfriede Philipp: Gespenster über Grimmen, 2007

Michaela Neumann: Abenteuer in Quilong, 2008

edition PINSEL (mit Bildern zum Ausmalen!):

Sylvie Kohl: Zoff mit Rudi, 2001

Siegfried Schmid: Vom Fluss & Aus Afrika, 2002

Wilhelm Tomenendahl: Kalles Sommer im Hasenwald, 2002

Sylvie Kohl: Oskar geht seinen Weg, 2002

Sylvie Kohl: François sucht Freunde, 2004

Sabine Purfürst: Zwerg Wurzel, 2004

Sylvie Kohl: Das Monster im Kinderzimmer, 2005